Das Buch

Als die Ermittlungen über die brutale Ermordung des Staatsanwalts Varga an einem toten Punkt angekommen sind, beschließt der Polizeiminister, Inspektor Rogas einzusetzen, den scharfsinnigsten Untersuchungsbeamten, über den die Polizei Siziliens verfügt. Aber statt den Fall klären zu können, sieht sich Rogas innerhalb kürzester Zeit mit zwei weiteren Toten konfrontiert, und jedesmal, wenn er bei seinen Nachforschungen bestimmte Spuren verfolgt, versucht man ihn aus der Hauptstadt zu bremsen ... Leonardo Sciascia gehört zu den großen Moralisten der italienischen Literatur. Sein Kampf gegen die Herrschaft der Mafia ist nicht ohne Folgen geblieben. Dennoch sind die politischen Morde und die Angst für Sizilien auch heute noch eine grausame Realität.

Der Autor

Leonardo Sciascia wurde am 8. Januar 1921 in Racalmuto auf Sizilien geboren. Bis 1957 Volksschullehrer in seiner Geburtsstadt. Seither freier Schriftsteller und zeitweilig Parlamentsabgeordneter. Wichtige Werke: ‹Der Tag der Eule› (1961; dt. 1964), ‹Der Abbé als Fälscher› (1963; dt. 1967), ‹Tote auf Bestellung› (1966; dt. 1968), ‹Tote Richter reden nicht› (1971; dt. 1974), ‹Todo modo› (1974; dt. 1977), ‹Aufzug der Erinnerung› (1981; dt. 1984), ‹Das Hexengericht› (1986; dt. 1986).

Leonardo Sciascia:
Tote Richter reden nicht
Roman

Deutsch von Helene Moser

Deutscher
Taschenbuch
Verlag

Von Leonardo Sciascia
sind im Deutschen Taschenbuch Verlag erschienen:
Der Tag der Eule (10731)
Tote auf Bestellung (10800)

Mai 1988
Deutscher Taschenbuch Verlag GmbH & Co. KG,
München
Lizenzausgabe mit freundlicher Genehmigung des
Benziger Verlags, Zürich
© 1971 Einaudi, Torino
Titel der italienischen Originalausgabe:
‹Il contesto. Una parodia›
© 1985 der deutschen Gesamtausgabe (‹Das Gesetz des
Schweigens. Sizilianische Romane›):
Benziger Verlag, Zürich · Köln
ISBN 3-545-36399-6
Umschlaggestaltung: Celestino Piatti
Gesamtherstellung: C. H. Beck'sche Buchdruckerei,
Nördlingen
Printed in Germany · ISBN 3-423-10892-4

Man muß es machen wie die Tiere,
die jede Spur vor ihrer Höhle vertilgen.

Montaigne

O Montaigne! Du bildest dir auf deinen Freimut und deine
Wahrhaftigkeit etwas ein, nun sei aufrichtig und wahrhaftig,
wenn ein Philosoph es sein kann, und sage mir, ob es auf Erden
ein Land gibt, wo es ein Verbrechen ist, das gegebene Wort zu
halten und milde und großmütig zu sein; wo der Gute verachtet
und der Bösewicht geehrt wird.

Rousseau

O Rousseau!

Anonymus

Staatsanwalt Varga war mit dem Prozeß Reis beschäftigt, der seit etwa einem Monat lief und sich zumindest noch zwei weitere Monate hingezogen haben würde, als er an einem milden Maiabend ermordet wurde; laut Zeugenaussagen und Obduktionsbefund nach zehn Uhr und nicht später als um Mitternacht. Die Zeugenaussagen stimmten in Wahrheit nicht genau mit den Ergebnissen der Leichenschau überein: der Gerichtsarzt setzte den Augenblick des Ablebens gegen Mitternacht an, während die Freunde, mit denen der Staatsanwalt sich allabendlich zu treffen pflegte und mit welchen er auch an jenem Abend beisammen war, bestätigten, daß er sie gegen zehn Uhr verlassen hatte. Da er zu Fuß nicht länger als zehn Minuten für den Hinweg gebraucht haben würde, verblieb ein Zeitraum von mindestens einer Stunde, und es galt herauszufinden, wo und wie der Staatsanwalt jene Stunde verbracht hatte. Vielleicht waren seine Gewohnheiten weniger streng, als es den Anschein hatte, und es gab in seinem Tagesablauf nichtprogrammierte Stunden einsamen und nach Zerstreuung suchenden Umherspazierens; vielleicht hatte er Gewohnheiten, die auch seinen Freunden und Angehörigen unbekannt waren. Boshafte Vermutungen wurden angestellt und von der Polizei wie von seinen Freunden weitergeflüstert. Aber noch bevor sie an die Öffentlichkeit drangen, kam es zu einer Sitzung der obersten Behördenvertretung des Distrikts, auf der beschlossen wurde, daß alle Nachforschungen über jene verbleibende Stunde einen Angriff auf das Andenken eines vorbildlichen und ehrenhaften Mannes darstellten und zu unterbleiben hätten. Der Bischof hielt überdies die Tatsache, daß der Staatsanwalt unterhalb eines jasminüberwachsenen Mäuerchens gefunden worden war, die Finger um eine Blüte geklammert, für schicksalhaft, war doch jene soeben gepflückte Blume Sinnbild eines unbefleckten Lebens, eine Güte, deren Duft noch in den Gerichtssälen, im Schoße der Familie und an all jenen Orten zurückgeblieben war, die der Staatsanwalt zu besuchen pflegte, den bischöflichen Palast inbegriffen. Dieser Gedanke wurde alsbald aufgegriffen und weitergesponnen: in den Protokollen der Polizei, «während der Ermordete stehenblieb, um Jasmin zu pflücken, bot er dem Verbrecher ein genaues Ziel für einen einzigen Schuß, direkt ins Herz, aus einer Entfernung von zwei oder drei Metern abgefeuert»; in den Gedenkreden bei der Trauerfeier, «die Gebärde des Pflückens einer kleinen Blume bekundete eine Zartheit des Gemüts und Hinneigung zur Poesie, die der Verstorbene im übrigen in der Ausübung seines Amtes wie in seiner persönlichen Lebensführung nie verleugnet hat.»

An einer bestimmten Stelle zitierte der Redner seufzend «avisad los jazmines con su blancura pequena», bringt Botschaft den kleinen, weißen Blüten des Jasmins, und vergaß dabei in seinem Schmerz, daß, die Hörfähigkeit der Jasminblüten vorausgesetzt, diese die Botschaft von einem Schuß, den die Sachverständigen eher als laut einschätzten, und von dem letzten Atemzug des Staatsanwalts empfangen hatten, während die Polizei erst mehrere Stunden später benachrichtigt worden war, als bereits mindestens ein Drittel der Einwohner der Stadt den Leichnam besichtigt hatte.

Der Prozeß Reis wurde eingestellt. Und da der Staatsanwalt mit unerbittlichem Scharfsinn die öffentliche Anklage vertreten hatte, glaubte die Polizei, daß in dem Prozeß das Motiv für den Mord zu suchen wäre. Es gab in der Kriminalgeschichte des Landes, oder zumindest in der Erfahrung der Untersuchenden, keine Präzedenzfälle dieser Art: niemals waren Ankläger und Richter wegen ihrer in einem Prozeß eingenommenen Haltung oder wegen des ausgesprochenen Urteils bedroht oder verletzt worden. Aber nachdem der Prozeß Reis ganz auf Indizien beruhte und seine Hintergründe in undurchdringliches Dunkel gehüllt waren, schien es aussichtsreich, dem Verdacht nachzugehen, daß jemand die unerbittliche Anklage Vargas zum Schweigen bringen oder auch nur die bereits ziemlich trüben Wasser der Angelegenheit trüben wollte. Aber die Verwandten und Freunde (sehr wenige Freunde) des Angeklagten erwiesen sich als unverdächtig. Die Untersuchung wandte sich den Feinden zu, denen man den teuflischen Plan zuschrieb, auf diese Weise nicht allein die Schuld des Angeklagten als sicher erscheinen zu lassen, sondern auch andere Personen darin zu verwickeln, die der Untersuchungsrichter geglaubt hatte, am Rande des Prozesses lassen zu sollen. Doch auch nach dieser Richtung erwies sich die Untersuchung als Fehlschlag.

Nachdem die Nachforschungen an einem toten Punkt angekommen waren (und zwar bei jener von dem Staatsanwalt wer weiß wo und wie verbrachten Stunde, Dunkelzone, an deren Grenzen der polizeiliche Eifer aufzuhören hatte), beschloß der Polizeiminister, um der öffentlichen Meinung jenes Vertrauen in die Schlagkraft der Polizei zurückzugeben, das die öffentliche Meinung im übrigen nie gehegt hatte, oder um sie von der Unlösbarkeit des Falles zu überzeugen, Inspektor Rogas einzusetzen: den scharfsinnigsten Untersuchungsbeamten, über den die Polizei verfügte, wenn man den Zeitungen glaubte; den vom Glück am meisten begünstigten, nach Ansicht seiner Kollegen. Der Minister versäumte nicht, ihm durch den Chef der Polizei als Reisezehrung einen Wunsch des Präsidenten des Obersten Gerichtshofes, den er teilte, mit auf den Weg zu geben. Rogas sollte bedenken, daß jeder Schatten, der auf den guten Ruf des verstorbenen Varga fiel, das gesamte Justizwesen zu Unrecht in Mißkredit bringen würde. Jeder derartige Verdacht sollte daher sofort mit aller Vorsicht abgewendet und, falls nicht mehr aufzuhalten, beseitigt werden. Aber Rogas hatte Grundsätze, in einem Land, wo fast niemand solche hat. Ohne zu zögern, jedoch allein und mit aller Behutsamkeit drang er in die verbotene Zone ein. Sicher wäre er über kurz oder lang – gleich dem Jagdhund, der mit dem Wasserhuhn im Maul aus dem im Nebel liegenden Sumpf auftaucht – mit irgendeinem Fetzen von Vargas gutem Ruf zum Vorschein gekommen, hätte ihn nicht die Nachricht erreicht, am Strand von Ales sei die Leiche von Richter Sanza aufgefunden worden – mit einem Pistolenschuß im Herzen.

Ales war ungefähr hundert Kilometer von der Stadt entfernt, in der sich Rogas zu Nachforschungen über den Mord an Varga aufhielt; aber ohne Ermächtigung des Chefs konnte er nicht hingehen. Er erbat sie telefonisch, erhielt sie brieflich und kam drei Tage später in

Ales an, als die Ortspolizei bereits etwa zehn Personen – die gar nichts damit zu tun hatten – festgenommen hatte und sich angestrengt bemühte, unter diesen den Schuldigen auszulosen. Rogas stellte eine summarische Prüfung der Beweggründe an, welche die Polizei den Verhafteten unterschob: nur ein Wahnsinniger hätte sich von ihnen verleiten lassen, einen Mord zu planen und auszuführen. Nachdem keiner von ihnen verrückt schien, ausgenommen vielleicht Inspektor Magris, der die Polizei des Ortes befehligte, sorgte Rogas dafür, daß sie wieder freigelassen wurden. Anschließend mietete er sich im besten Hotel der Stadt ein und gab sich an dem wundervollen Strand, wo Richter Sanza auf seinem einsamen Spaziergang den Tod gefunden hatte, einem Müßiggang hin, der schon fast Ärgernis erregte: er schwamm, fuhr mit den Fischern aufs Meer hinaus, speiste frischgefangenen Fisch, schlief lange. Inspektor Magris beobachtete ihn nervös: gedemütigt, weil er einem untergeordnet wurde, der ihm gleich im Rang und überlegen im Ansehen war, von Groll erfüllt; zugleich aber im voraus den Mißerfolg genießend, dem sein Kollege entgegenging, die brüske Zurückberufung in die Hauptstadt, den Hohn der Zeitungen.

Aber Rogas arbeitete mit dem Verstand. Zwei Richter im Lauf einer Woche ermordet, in zwei nicht weit voneinander entfernten Städten, auf dieselbe Art, mit Geschossen desselben Kalibers, vielleicht von derselben Waffe abgefeuert (die Orakelsprüche der wissenschaftlichen Polizei nahm er niemals für bare Münze): nach seinem Dafürhalten genügte das, um von der Hypothese auszugehen, daß sich hier ein zu Unrecht Verurteilter an seinem Ankläger, an seinen Richtern rächte. Nur daß Staatsanwalt Varga und Richter Sanza nie, in keinem Augenblick ihrer Laufbahn, in einem Prozeß beisammen gewesen waren; darüber hatte er sich sogleich, nachdem er die Nachricht von dem zweiten Verbrechen erfahren hatte, mit Leichtigkeit vergewissert. Aber die Hypothese hielt stand. Rogas hatte die Gründe herausgefunden, um nicht von ihr abzugehen: der Mörder konnte von einem Gerichtshof in erster Instanz verurteilt worden sein, in dem Varga die Anklage vertrat, und dann in zweiter Instanz von einem Gerichtshof, in dem Sanza dem Richterkollegium angehörte (auch das Gegenteil konnte der Fall gewesen sein: Sanza in erster Instanz, Varga in der Berufung); der Mörder konnte bei einem seiner beiden Opfer einen Irrtum begangen haben: eine falsche Information, eine Täuschung des Gedächtnisses, ein Fall von Gleichnamigkeit (Fernsprechbericht: Gab es oder hatte es noch einen anderen Staatsanwalt Varga gegeben, einen anderen Richter Sanza? – denn in gewissen Familien widmete man sich immer wieder dem gleichen Beruf, und zwar über Generationen hinweg); hatte der Mörder absichtlich die Dinge verwirren wollen, sein Spiel unentzifferbar machen, seine Identität unergründlich, indem er einen der beiden grundlos tötete, den Staatsanwalt oder den Richter (Fernsprechbericht: Wer von den Verurteilten in Prozessen, an denen jeweils Varga und Sanza beteiligt waren, ist im letzten Halbjahr aus dem Gefängnis gekommen?). Wie auch immer, jedenfalls hatte Rogas, aus einer abergläubischen Vorliebe für die Zahl Drei heraus, die er als eigentümlich für die Neurose der anderen wie für die eigene hielt, die untrügliche Vorahnung, daß es ein drittes Opfer geben würde, und diesmal das richtige, das heißt dasjenige, welches das zur Lösung des Falles fehlende Glied liefern würde. Und darum wartete Rogas. Das dritte Opfer blitzte wie ein Funken in seinem Geist auf, um dann in das Gebiet der Wunschträume und Phantasien zu entschwinden wie ein abstraktes Zeichen, das im Begriff war, Name, Körper, Leichenbegräbnis, Erbschaft, Pension zu werden; vor allem aber Verbindungsglied, von dem aus die Nachforschung gezielt zu betreiben war.

Er brauchte nicht lange zu warten. Vier Tage später fiel in Chiro der Richter Azar: ein ungeselliger und finsterer Mensch, der seine Jahre von der Jugend bis zum Tod in der Angst vor Ansteckung durch Krankheiten und Gefühle verbracht hatte. Nie hatte er einem Kollegen oder einem Anwalt die Hand gedrückt, und wenn er sich dem Händedruck irgendeines neuangekommenen Vorgesetzten nicht entziehen konnte, litt er solange, bis er sich hinter einen Vorhang oder sonstwohin verdrücken konnte, wo er sich ungesehen glaubte: dann zog er ein Fläschchen mit Alkohol heraus und goß sich davon reichlich – die einzige Sache, die er reichlich hatte – auf die mageren Hände, die von Adern wie von Stricken durchzogen und so fleckig waren wie mit Flechten bedeckte Steine. Aber der ranghöchste Justizbeamte, der in Chiro war, mußte in der Trauerrede den Schatz menschlicher Güte erfinden, welchen Azar unter einer rauhen Schale verbarg; während den anderen Schatz, den wirklichen, der Sohn einer Schwester und einziger Erbe, entdeckte. Nachdem er auf die Nachricht vom tragischen Ende seines Onkels nach Chiro gekommen war, würde er dort noch wer weiß wie lange als Gast der öffentlichen Gefängnisse verblieben sein, wenn Rogas ihn nicht befreit hätte. Der etwas leichtsinnige junge Mann hatte für den Abend, an welchem Azar ermordet worden war, kein Alibi; und obgleich es allen nunmehr klar war, daß ein gewisser Jemand umherging, der aus Rache oder aus Verrücktheit Richter umbrachte, ließ die Polizei nicht von ihrer Gewohnheit ab, leichthin und sogar mit Vergnügen den Ruf der Personen zu opfern, die den Ermordeten zuletzt gesehen hatten oder aus seinem Tode Nutzen zogen.

Nachdem Rogas das Vertrauen des jungen Mannes gewonnen hatte, stand er ihm, wie um ihm zu helfen und ihm tatsächlich helfend, bei der Inventur der Erbschaft zur Seite. Sie ergab mindestens das Zwanzigfache der gesamten Gehälter, die der Staat dem Richter in zweiundzwanzig Jahren gezahlt hatte, vorausgesetzt dieser hätte in zwanzig Jahren keinen Heller für Kost, Wohnung, Kleidung und Desinfektionsmittel ausgegeben. Er hatte auch, soweit der Neffe sich erinnerte, seine Laufbahn angetreten, ohne etwas zu besitzen: jedenfalls hatte ihm seine Mutter immer wieder die beispielhafte Geschichte der Entbehrungen und des Hungers erzählt, die ihr Bruder, jetzt Richter von hohem Rang und Ansehen, in jungen Jahren auf sich genommen hatte. Also machte Rogas sich daran, jenem Reichtum nachzuforschen. Selbst wenn er dabei nicht den Grund entdecken würde, aus dem Azar umgebracht worden war, so würde er bestimmt besser verstehen, was für ein Typ Richter Azar gewesen war. Aber kaum begann Rogas, der Hypothese der Bestechlichkeit Azars nachzugehen, mit jemandem zu sprechen, sich um vertrauliche Mitteilungen zu bemühen, als aus der Hauptstadt die gebieterische Mahnung kam, keine leeren Gerüchte aufzugreifen, sondern lieber jenem Wahnsinnigen auf der Spur zu bleiben, wenn es eine Spur gab, der ohne jeden Grund Richter umbrachte. Die These, daß ein Wahnsinniger am Werk war, leuchtete den obersten Regierungsspitzen nunmehr ein: dem Polizeiminister und dem Justizminister, dem Präsidenten des Obersten Gerichtshofes, dem Polizeichef. Und auch der Präsident der Republik, so teilte der Chef Rogas im Vertrauen mit, fragte jeden Morgen, ob der verrückte Mörder gefaßt worden sei. Noch, und darüber wunderte sich Rogas, sah niemand hinter dem Fall politische Hintergründe: nicht einmal jene Zeitungen, die jederzeit bereit waren, einer der vielen revolutionären Sekten, von denen das Land wimmelte, jedes absurde oder ungeheuerliche Verbrechen anzulasten.

Zum Glück kam, noch ehe Rogas seine zu den Weisungen des Chefs im Widerspruch stehende Meinung äußerte, die Information, welche er sogleich nach Azars Tod angefordert hatte: ungefähr zwei Jahre lang hatten Azar und Varga dem Strafgericht von Algo angehört. Rogas verschwand ebenso plötzlich aus Chiro, wie er aus Ales verschwunden war. Die Journalisten verloren seine Spur, bis ihn schließlich ein Lokalkorrespondent in Algo entdeckte. Daraufhin wurden die unterschiedlichsten und seltsamsten Mutmaßungen angestellt; und sie wurden geradezu abwegig, als ausgerechnet in Algo der Richter Rasto ermordet wurde. Ob Rogas gewußt habe, daß Algo Schauplatz eines vierten Mordes würde? Und wenn er es wußte, wieso war es ihm nicht gelungen, das Verbrechen zu verhindern? War es eine bloße Vermutung gewesen? Hatte er dem Mörder eine Falle stellen wollen? Aber die Falle hatte nicht funktioniert: und als Köder einen Richter hineinzutun, war ein bißchen zuviel. Die Zeitung «Die Lunte», deren Redakteure einen unparteiischen Glauben sowohl an die gewaltsame soziale Wiedergeburt als auch an die ebenso gewaltsamen und feindlichen Kräfte des bösen Blicks hatten, unterstellte, daß Rogas angeborene unheilvolle Eigenschaften besäße: eine Unterstellung, die von den wenigen Lesern der Zeitung auf die vielen, die sie nicht lasen, übergehend zur Gewißheit wurde. Eine Woche lang murmelten mindestens zwei Drittel der erwachsenen Bevölkerung des Landes Beschwörungen und berührten Amulette, sobald der Name Rogas fiel. Am Ende jener Woche rief der Polizeiminister, der fürchtete, daß sich die Zuschreibung unheilvoller Kräfte auf das gesamte Polizeikorps und sogar auf das von ihm geleitete Ministerium ausdehnen könnte, plötzlich die Journalisten zusammen. Er legte die Absichten der Polizei und vor allem den Grund dar, warum sich Inspektor Rogas, kurz bevor Richter Rasto ermordet wurde, in Algo aufgehalten hatte. Rogas, so erklärte er, war nach Algo auf Grund eines Indizes gegangen, das zwei der drei bis dahin begangenen Morde in Verbindung brachte: Varga und Azar waren zehn Jahre zuvor etwa zwei Jahre lang am Strafgericht von Algo gewesen. Nun war die Tatsache, daß gerade in Algo der unbekannte Mörder noch einmal zugeschlagen hatte, mit der Notiz zu erklären, welche die Zeitungen über die Anwesenheit von Rogas in der Stadt gebracht hatten, und somit als eine an die Polizei gerichtete Herausforderung zu verstehen. Die Polizei nehme die Herausforderung an und verfolge alle Spuren, die mit dem von Rogas gefundenen Indiz zusammenhingen, um den verrückten Mörder zu fassen.

Die Erklärungen des Ministers machten Rogas dermaßen nervös, daß er seinen Chef telefonisch bat, ihm den Auftrag wieder zu entziehen, falls der Minister tatsächlich entschlossen wäre, ihm Prügel zwischen die Räder zu werfen. Der Chef tröstete ihn, befahl ihm, die Nachforschung fortzusetzen. Aber wie Rogas befürchtete, kam sogleich die Antwort des Mörders an den Minister: in einer weit von Algo entfernten Stadt fiel der Richter Calamo. Soviel man alsbald erfuhr, hatte er niemals mit einem der anderen vier Opfer in Verbindung gestanden. Der Mörder, der entweder in Algo Richter Rasto wie geplant ermordet hatte, ohne von Rogas' Anwesenheit zu wissen, oder der den Mord begangen hatte, weil er von der Anwesenheit Rogas' wußte und ihn herausfordern wollte, war sich also inzwischen seines falschen Schrittes bewußt geworden und versuchte nun, den Inspektor von Algo und jenem Indiz abzulenken, um ihn hinter sich in das Labyrinth der Sinnlosigkeit, der Verrücktheit zu ziehen.

Aber Rogas blieb in Algo. Er hatte alle Prozesse zusammengestellt, an denen Varga als Ankläger und Azar als Richter beteiligt gewesen waren, und einem ziemlich einfachen Kriterium folgend und nach summarischer Prüfung teilte und gruppierte er sie. Eine erste Gruppe von neunzehn Prozessen, die mit Freispruch geendet hatten, schied er sofort aus. Die zweite von fünfunddreißig Prozessen, in denen die Angeklagten verurteilt worden waren, weil sie sich entweder als schuldig bekannt hatten oder weil sie auf Grund einwandfreier Beweise und Zeugenaussagen von der Polizei gefaßt worden waren, schied er aus, nachdem er vier Fälle aufmerksam gesichtet hatte, die ihm, in den Protokollen der Polizei oder in den Erklärungen der Zeugen, irgendeine falsche Note aufzuweisen schienen. Aus diesen vier Fällen, die nicht eigentlich zu seiner Untersuchung gehörten, da es hier nicht um böse Absicht der Richter ging, sondern, wenn überhaupt, um die der Polizei oder der Zeugen, gewann er die Überzeugung, daß es im Grunde nicht schwer sein müsse, auch auf dem Papier, aus bloßen Worten die Wahrheit von der Lüge zu unterscheiden; und daß eine beliebige Tatsache, einmal im geschriebenen Wort festgehalten, wieder zum Leben erweckt werden konnte, etwas, das nach Meinung der Professoren nur für die Kunst, die Literatur zutraf.

Er gab dem Gerichtsarchiv die vierundfünfzig ausgeschiedenen Prozeßakten zurück und behielt eine Gruppe von zweiundzwanzig zurück, in welchen die Angeklagten auf Grund von Indizien und Vermutungen verurteilt worden waren und sich im Verlauf der polizeilichen Verhöre, der Voruntersuchung und der Verhandlung stets als unschuldig erklärt hatten.

Rogas machte ein Verzeichnis derjenigen, welche in den zweiundzwanzig Prozessen verurteilt worden waren, vervollständigt durch alle Hinweise, die zu ihrer Aufspürung dienen konnten. Er verschickte sie an die Gerichts- und Polizeibüros, die in der Lage waren, das Schicksal jener Personen zu kennen, die sich noch im Gefängnis befanden oder entlassen worden waren. So erfuhr er, daß vierzehn noch Gäste der Strafanstalten waren, in der Tat solche, auch wenn ein Gesetzesvorschlag vorlag, um jene traurige Benennung zu ändern (aber nur die Benennung); und acht waren in die Freiheit zurückgekehrt, weil sie ihre Strafe verbüßt hatten oder weil sie ihnen durch Straferlasse und Amnestien abgekürzt worden war oder weil sie im Berufungswege freigesprochen worden waren. Auf diese acht, auf die Akten ihrer Prozesse konzentrierte sich Rogas über eine Woche lang. Es war eine Art Flucht, ein Spiel: er lernte aus den Akten jene Tatbestände kennen, die dazu verwendet werden konnten, die Unschuld der Angeklagten zu beweisen, und er fand ein Gefühl der Freiheit und des Vergnügens darin, jene Denkgewohnheiten und Vorurteile zu vermeiden, die sich fortwährend erheben, um die Schuld des Angeklagten zu untermauern.

Die Fakten, welche die Richter dahin hätten bringen können, die Unschuld der Angeklagten zu erklären, überwogen nach Rogas' Ansicht in allen acht Fällen jene, deren sie sich bedient hatten, um die Schuld, die Verurteilung zu begründen. Im höchsten Maß ungerecht erschien ihm, wie man das «Vorleben» herangezogen hatte, in fünf von acht Fällen lieferte es den Nachweis von «bewiesener Fähigkeit zum Begehen eines Verbrechens» und wurde als unumstößliches und endgültiges Argument gebraucht. Wenn einer mit zwölf Jahren im Nachbarsgarten Pflaumen gestohlen hatte, konnte er mit dreißig leicht einen Raubmord begangen haben. Wenn er die Pflaumen gar im Garten des Pfarrers gestohlen hatte, ließ alles glauben, daß er zehn Jahre später seine Mutter umgebracht haben könnte. Und so fort, immer mit dem «Vorleben» zur Hand, in einem Land, das in seiner Literatur stets die unvorhersehbaren Stimmungen, die Widersprüche, die nutzlosen Gesten und die grundlegenden Veränderungen dargestellt hatte, denen die Menschen unterlagen. Nachdem er es als Beleidigung der Justiz und als sinnlose Zeitverschwendung erachtete, das jeweilige «Vorleben» in Rechnung zu ziehen, hielt Rogas sich länger bei den drei Fällen auf, deren Hauptpersonen kein «Vorleben» hatten; und bei diesen drei Fällen setzten seine Nachforschungen ein.

Die drei Personen wohnten in der Nähe von Algo. Die Verteidigung oder die Anklage hatte gegen ihre Urteile Berufung eingelegt; ihre Akten waren von einer Instanz zur nächsten gewandert, auch nach – wie es dem Verurteilten in der Gefängniszelle scheinen mußte – langen Jahren, jedoch nach kurzer Frist – gemessen am gemächlichen Gang der Verwaltungsmaschinerie – beim Obersten Gerichtshof gelandet: und hier hatte Zweifel die Richter ergriffen, nicht am Tatbestand, dessentwegen sie verurteilt worden waren, sondern an der Anwendung des Gesetzes, das sie verurteilt hatte, und die Angeklagten waren zu neuem Prozeß zurückgestellt worden. Ergebnis: einer hatte die Strafe bestätigt erhalten; einem war sie um zwei Jahre verlängert worden; einer war freigesprochen worden.

Rogas begann bei diesem letzten: ihm schien, sowohl wegen des Charakters, der aus dem Prozeß hervorging, als auch wegen der Tat selbst, von der er schließlich freigesprochen worden war, daß er diesen Mann sogleich aus der Reihe der Verdächtigen ausschalten konnte.

Der Mann hatte weder einen festen Wohnsitz noch Beschäftigung. Nicht daß er durch den Prozeß und die vier Jahre Gefängnis, die er sich eingehandelt hatte, ruiniert worden wäre; seine Mißgeschicke hatten sich vielmehr aus einer Neigung zum Müßiggang ergeben, den er zur Schau trug und auch theoretisch vertrat; und da der Müßiggang bekanntlich aller Laster Anfang ist, schien es der Polizei und den Richtern der ersten Instanz durchaus glaubhaft, ihm auch einen Mord zuzutrauen. Es gab kein «Vorleben», aber es gab den Müßiggang.

Er saß in der Sonne auf der Piazza, am Fuße des Denkmals für einen General Carco, der vor hundert Jahren jenes Gebiet dem einen Tyrannen weggenommen hatte, um es einem anderen zu geben. Er hatte sich die Baskenmütze über die Augen gezogen. Regungslos, in der Haltung vollkommener Gelöstheit. Vielleicht schlief er. Rogas blieb so vor ihm stehen, daß sein Schatten auf ihn fiel. Wie zum Spaß zog er ihm die Mütze zurück. Ein angewiderter und fragender Blick starrte ihn an. Er schlief also nicht. Dann zog ein Schatten des Argwohns über sein Gesicht. Rogas sah sich geprüft, erkannt als das, was er war. Ohne die Stellung zu ändern, dem Anschein nach lässig, war der Mann jetzt gespannt, auf der Hut.

«Wie gehts?», fragte der Inspektor. Der Ton sollte herzlich sein und war es: aber es war doch eine Frage, der Anfang eines Verhörs.

«Es geht nicht», sagte der Mann.

«Was geht nicht?»

«Alles.»

«Und vorher?»

«Wann vorher?»

«Vorher, sage ich, ging es da?»

«Nie.»

«Und dann?»

«Und dann sind wir hier.»

«Immer?»

«Nicht immer: manchmal sitze ich auf der Piazza, manchmal im Café.»

«Manchmal eine kleine Reise?»

«Schön wärs. Aber die letzte, die ich gemacht habe, ist nach Rus gewesen: zwölf Kilometer, zu Fuß. Vor drei Jahren.»

«Was sagst du zu diesen Richtermorden?» Rogas duzte ihn, weil er einer von den Typen war, die sich von der Behörde eine Behandlung als alte Bekannte erwarten, auch wenn sie erbarmungslos ist.

«Sie gefallen mir nicht», sagte der Mann: wie einer, der weiß, daß er eine unbefriedigende Antwort gibt und indessen fieberhaft befriedigendere vorbereitet auf die Fragen, die kommen werden. Allmählich bekam er es mit der Angst zu tun.

«Der Staatsanwalt Varga . . .», begann Rogas.

«Er glaubte, ich hätte den Ladenbesitzer umgebracht. Er wollte, daß sie mir dreißig Jahre Gefängnis geben. Schade, daß es die Todesstrafe nicht mehr gibt, hat er damals gesagt.»

«Und der Richter Azar?»

«Hat mir siebenundzwanzig gegeben. Aber nicht allein: es waren noch zwei andere Richter dabei.»

«Ich weiß. Und sie leben noch. Und du?»

«Was sollte ich machen? Zum Glück haben sie mir als Pflichtverteidiger einen jungen Anwalt gegeben, der sich einen Namen machen wollte. Er hat Berufung eingelegt, meinen Prozeß bis vor den Obersten Gerichtshof gebracht. Und nun bin ich hier.»

«Und die vier Jahre Gefängnis?»

«Sind vorbei.»

«Vorbei, gut. Aber du hast sie ungerechterweise aufgebrummt bekommen, nicht?»

«Ich habe zweiundfünfzig Jahre Leben aufgebrummt bekommen, ungerechterweise. Die vier, die ich im Gefängnis verbracht habe, drücken mich nicht so sehr. Das Gefängnis ist sicher.»

«Was heißt sicher?»

«Essen, schlafen. Alles geregelt.»

«Und die Freiheit?»

«Die Freiheit ist hier», sagte der Mann, und tippte sich gegen die Stirn.

«Du hast doch gesagt, du hättest Glück gehabt, einen Rechtsanwalt zu finden, der dich aus dem Gefängnis herausgebracht hat.»

«Man sagt halt so. Gewiß, es ist kein Unglück gewesen. Sie sagten, ich hätte einen Mann umgebracht, um sein Geld zu nehmen; der Advokat hat bewiesen, daß ich unschuldig war: ein Glück. Aber für das übrige ...», er zuckte die Achseln.

Rogas legte ihm eine Hand auf die Schulter, zum Gruß. Er ging. Als er sich am Rand der Piazza noch einmal umdrehte, sah er, daß der Mann sich wieder die Baskenmütze über die Augen gezogen hatte und gelöst dasaß. Die Sonne. Die Ruhe, der Müßiggang. Die Würde der Ruhe, die Kultur des Müßiggangs. Luis Cernuda, Variaciones sobre tema mexicano. Schöne Stellen. «Die Freiheit ist hier.» Ach was, am Ende lassen sie einem nicht einmal die.

Dem zweiten ging es hingegen sehr gut, jedenfalls gemessen an den üblichen Maßstäben: er betrieb eine Reparaturwerkstatt, arbeitete unaufhörlich, machte Geld, das Geld legte er in einem florierenden Handel mit alten und neuen Automobilen an. Aber vielleicht ging es dem ersten doch besser, überlegte Rogas, als er ihn verschmiert und schwitzend unter einem Auto hervorkommen sah, das er gerade reparierte.

Er merkte nicht, daß Rogas von der Polizei war: er sagte, er hätte zu tun, ein Wagen mexikanischer Touristen, den er sofort reparieren müsse, und wieso das Gespräch mit Rogas so dringlich sei.

«Polizei. Inspektor Rogas.»

Die Wagenschmiere und der Schweiß wurden auf dem plötzlich bleich gewordenen Gesicht des Mannes zur Maske.

«Gut», sagte er, «gehen wir da hinüber.»

Sie betraten ein Kämmerchen aus Glasscheiben: es waren zwei Stühle da; er wies Rogas einen an, ließ sich auf den seinigen niederfallen: wie eine Marionette, der man die Drähte durchschnitten hat. Dann suchte er auf dem Tisch fahrig nach den Zigaretten, zündete sich eine an, während er den Inspektor anstarrte, als ob sein Blick hinter einer Mauer hervorkäme, aus einer Höhle. Seine Hände zitterten.

«Ich bin nur in einer Routineangelegenheit hier: und es wird mich ohnehin nicht weiterbringen, aber bei unserer Arbeit ist es nötig, zuerst die überflüssigen Dinge, die nutzlosen Dinge beiseite zu räumen; sonst kommen sie dir schließlich wieder zwischen die Füße, wenn du sie am wenigsten erwartest... Zum Beispiel, als ich hier hereinkam, ist mir gleich klargeworden, daß es für Sie schwierig sein würde, für einen Tag oder nur für ein paar Stunden Ihre Werkstatt zu verlassen, ohne daß die Arbeiter und die Kunden Ihre Abwesenheit bemerken, sich daran erinnern und außerdem noch eine Rechtfertigung dafür von Ihnen verlangen. ‹Ist der Meister nicht da?› ‹Er ist krank... Er ist zu einer Hochzeit gegangen... Er ist zum Finanzamt bestellt worden...› ‹Und wann kommt er zurück?› Kurzum, Ihre Abwesenheit kann nicht unbemerkt bleiben.»

«Sie bleibt nicht unbemerkt», sagte der Mechaniker etwas erleichtert.

«Aber Sie haben begriffen, warum ich Sie aufgesucht habe?», fragte Rogas.

«Ich glaube ja.»

«Dann sagen Sie mir: haben Sie sich in letzter Zeit aus Ihrer Werkstatt entfernt, für Stunden oder Tage, Zeiträume, die vernünftigerweise ausreichen, um nach Ales oder Chiro zu fahren?»

«Nein, absolut nicht.»

«Und im Zusammenhang mit den Morden an Staatsanwalt Varga und an den Richtern Sanza, Azar, Rasto...?»

«Ich wiederhole: Nein, absolut nicht.»

«Aber Sie erinnern sich an Staatsanwalt Varga, an Richter Azar?»

«Ich träume nachts von ihnen», und er fuhr sich mit der Hand übers Gesicht wie einer, der aus einem Traum erwacht und die Erinnerung daran wegwischen möchte.

«Betrachten Sie sich als ihr Opfer?»

«Nicht gerade als ihr Opfer. Ein Opfer.»

«Welche Wirkung hat es auf Sie, zu erfahren, daß sie ermordet worden sind?»

«Keine. Es war ein Räderwerk, und ich bin hineingekommen. Es konnte mich zermalmen. Aber ich bin lebendig wieder herausgekommen.»

«Aber Sie waren unschuldig.»

«Glauben Sie das wirklich?»

«Ich bin hier, weil ich es glaube.»

«Ja, ich war unschuldig... Aber was will das heißen, unschuldig zu sein, wenn man in das Räderwerk hineingerät? Nichts will es heißen, das versichere ich Ihnen. Nicht einmal für mich, an einem gewissen Punkt. Wie wenn man eine Straße überquert, und ein Auto überfährt einen. Unschuldig, und er ist von einem Auto überfahren worden: was hat es für einen Sinn, so etwas zu sagen?»

«Aber nicht alle sind unschuldig», sagte Rogas. «Ich meine: nicht alle sind unschuldig, die in das Räderwerk geraten.»

«So wie das Räderwerk funktioniert, könnten alle unschuldig sein.»

«Dann könnte man auch sagen: so wie das mit der Unschuld ist, könnten wir alle in das Räderwerk geraten.»

«Vielleicht. Aber ich gehe nicht in die Kirche, und darum sehe ich die Sache anders.»

Rogas dachte: Er versteht es, einen Gedanken zu entwickeln, rasch zu einem Schluß zu kommen. Und zynisch dachte er weiter: Das Gefängnis hat ihm gutgetan. Er sagte: «Ich verstehe.» Er fiel in den berufsmäßigen Ton zurück. «Sie haben also in letzter Zeit Ihre Werkstatt nicht einmal für einen Tag verlassen, Sie sind nicht verreist...»

«Am Sonntag ist die Werkstatt natürlich geschlossen: aber ich bin da, um abzurechnen, alles in Ordnung zu bringen; und wenn einer kommt, der eine kleine Reparatur braucht, sage ich nicht nein.»

«Am Sonntag...», sagte Rogas: keines der Verbrechen, denen er nachforschte, war an einem Sonntag geschehen. «Und abends, an den Werktagen: wie verbringen Sie den Abend?»

«Ich schließe immer nach zehn Uhr und gehe ins Restaurant.»

«Welches?»

«In den ‹Cacciatore›.»

«Jeden Abend?»

«Jeden Abend: ich lebe allein.»

«Warum?»

«Sie haben meinen Prozeß gelesen?»

«Ja, ich habe ihn gelesen. Ich verstehe.» Er stand auf. «Ich mache Sie darauf aufmerksam, daß ich leider nachprüfen muß, ob Sie abends im ‹Cacciatore› waren.»

«Dann werden die Leute wieder anfangen, über mich zu reden, über meinen Fall und daß die Polizei mich wieder verdächtigt. Aber was soll ich machen? Es ist das Räderwerk.»

«Ich werde diskret und vorsichtig vorgehen.»

«Ich danke Ihnen.»

Rogas kam um drei Uhr nachmittags aus dem «Cacciatore»: er hatte vorzüglich gegessen, ein halbes Wildkaninchen, süßsauer zubereitet, und eine Flasche Roten, sehr stark, aber mit einem schwachen Hauch von Jasmin, und er hatte nebenbei das Alibi des Mechanikers überprüft, das über jedem Zweifel stand. Er fühlte sich zufrieden, sicher: einerseits weil er zur wachsenden Schar derer gehörte, die das Wildbret, das heimische Hühnchen, das hausgebackene Brot und den Wein aus dem Faß als Überbleibsel eines goldenen Zeitalters zu genießen versteht, andererseits weil sich in der Person, der er jetzt auf der Spur war, die idealen Fähigkeiten zu einem sozusagen idealen Typ des Verbrechers kristallisierten. Der Prozeß der Kristallisation, nicht ungleich dem der Liebe (Stendhal, De l'amour), hatte sich in Rogas beim wiederholten Lesen der Prozeßakten vollzogen, beim Gespräch mit all denen, die mit dem Fall zu tun gehabt hatten, beim Sammeln der geringfügigsten, der verschwommensten Informationen über die Hauptperson.

Die Tatsachen, so wie sie ihm sein Kollege Contrera erzählt hatte, der damals das Polizeibüro in Algo leitete, waren diese (aber es waren nicht nur diese Tatsachen; hinzu kamen die Eindrücke, die Beurteilungen): Am Abend des 25. Oktobers 1958 erscheint auf dem Polizeibüro Frau Cres. Sie verlangt den Inspektor zu sprechen. Der Wachtposten, später auch der Inspektor bemerken, daß sie aufgeregt ist, verwirrt, erschreckt. Die Frau hat ein Paket von zylindrischer Form in der Hand. Sie wickelt es auf: heraus kommt ein Töpfchen aus emailliertem Metall, das die Frau aufdeckt und dem Inspektor unter die Augen hält: ein körniger, schokoladenfarbiger Matsch.

«Schwarzer Reis», sagt die Frau.

«Wie?», fragt der Inspektor.

«Schokoladenreis», erklärt die Frau. «Haben Sie ihn nie gegessen?»

«Nein.»

«Mir schmeckt er sehr.»

«Er ist sicher gut», sagt der Inspektor und beginnt eine gewisse Besorgnis zu empfinden.

«Ja, aber nicht dieser», sagt die Frau.

«Warum?», fragt der Inspektor mit geheucheltem Interesse, als spiele er mit einem Kind. «Ist etwas darin, was nicht schmeckt?»

«Es ist Gift darin», sagt die Frau, entsetzt und feierlich.

«Ach so, Gift», sagt der Inspektor, immer um im Spiel zu bleiben, überzeugt, daß er es mit einer Verrückten zu tun hat. «Und wer hat es hineingetan, das Gift?»

«Ich weiß es nicht», sagt die Frau «aber die Katze ist tot.»

«Ach so, die Katze... Und wer hatte ein Interesse daran, die Katze umzubringen?»

«Niemand, glaube ich: den schwarzen Reis habe ich der Katze gegeben.»

«Sie sind es also gewesen. Und warum?»

«Weil ich nicht wußte, daß Gift darin war.»

«Erzählen Sie mir alles der Reihe nach», sagt der Inspektor: und er denkt, daß entweder eine Geschichte herauskommt, die zu protokollieren ist, oder daß es ein Fall ist, um einen Krankenwagen zu rufen. Aber bei der letzten Antwort beginnt seine Überzeugung, daß die Frau verrückt ist, zu wanken. In der Tat erzählt die Frau klar der Reihe nach.

Ihr Mann ist Apotheker, und sie hilft ihm in der Apotheke. Sie lösen sogar einander ab: es ist selten, daß die Ärzte heute noch eigene Rezepturen aufschreiben wie früher, soviel von diesem und soviel von jenem, das Pülverchen, die Blätter für den Aufguß:

und mit den Spezialitäten kommt sie besser zurecht als ihr Mann, weil sie ein besseres Gedächtnis hat. Wenn sie in die Apotheke herunterkommt, geht der Mann in die Wohnung hinauf oder in den Klub, um eine Partie Billard zu spielen. Öfter jedoch geht er in die Wohnung hinauf, weil er gern kocht, und es stimmt, gewisse Gerichte macht er ausgezeichnet. Den schwarzen Reis zum Beispiel. Sie ist ganz versessen darauf. Eben an jenem Tag hatte der Apotheker schwarzen Reis zubereitet. Als er in die Apotheke zurückgekommen war, hatte er ihr nichts gesagt, es war für sie eine Überraschung gewesen, den schwarzen Reis in der Küche vorzufinden: in Form einer Muschel, schwarz, glänzend auf dem Servierteller mit den Blümchen. Und er duftete nach Zimt, vielleicht ein bißchen stärker als sonst. Sie kann im allgemeinen nicht widerstehen, zu kosten und sich eine Portion zu nehmen. Aber an jenem Tag hatte sie eine Eingebung gehabt: die Katze war ihr nachgelaufen, aus der Apotheke, wo sie gewöhnlich war; sie miaute, ihr Schnurrbart zitterte beim Duft des Zimts; und sie hatte, einfach so, impulsiv, einen Löffel voll schwarzen Reis genommen und ihn für sie auf den Fußboden fallen lassen.

«Warum?», fragte der Inspektor. «Warum auf den Fußboden?»

Seine Frau würde es nie getan haben, sie wurde zornig, wenn die Kinder ein Stückchen Fleisch für die Katze fallen ließen, die unter dem Tisch war. (Dank der Frau, überlegte Rogas, hatte sein Kollege Contrera die einzige sinnvolle Frage des ganzen Verhörs gestellt.)

«Aber ich habe es Ihnen gesagt: impulsiv, aus einer Eingebung heraus.»

«Ich glaube nicht an Impulse, die im Gegensatz zu den Gewohnheiten stehen; und noch weniger an die Eingebung», sagte der Inspektor. «Ist nicht irgend etwas gewesen, das Ihren Verdacht erregt hat und Sie in dieser Weise handeln ließ?»

«Vielleicht der übermäßige Geruch nach Zimt.»

«Aber!», sagte der Inspektor, seinen Zweifel in ein langgezogenes A legend. «Wie dem auch sei, erzählen Sie weiter ... Und die Katze?»

«Die Katze fraß den schwarzen Reis mit Genuß, leckte den Boden sauber auf, schaute in die Höhe, bettelte um einen zweiten Löffel, maunzte; dann auf einmal wurde sie kürzer, schien sich in sich selber zurückzuziehen, wobei sie Luft ausblies wie eine Drehorgel ... Aber an die Drehorgel denke ich erst jetzt, in dem Augenblick kam sie mir wie ein leerer Pelzärmel vor, der von selber die Bewegung machte, sich umzudrehen ... Dann schnellte sie los wie eine Sprungfeder, fiel um und lag lang und steif auf dem Boden.»

«Und Sie?»

«Ich war wie tot vor Schrecken. Aber ich habe nicht geschrien.»

«Warum?»

«Ich weiß nicht, in jenem Moment. Jetzt, wo ich ruhiger bin, kann ich sagen, daß mir vielleicht blitzartig ein Verdacht kam.»

«Der Verdacht, daß Ihr Mann Gift in den, wie heißt er gleich, getan haben könnte?»

«In den schwarzen Reis», verbesserte die Frau und antwortete nicht auf die Frage. Sie war jetzt sehr ruhig. Eine schöne Frau zwischen dreißig und vierzig, stellte der Inspektor fest.

«Aber warum dachten Sie an Gift?»

«An was konnte ich sonst denken?»

«Katzen können genauso sterben wie die Menschen: auf der Straße, mit dem Bissen im Mund, während sie eine Zigarette anzünden...»

«Die Katze, die raucht...», sagte die Frau mit einem halben Lächeln. «Entschuldigen Sie, mir ist das Schild eines Pariser Cafés eingefallen.»

«Das ist ein Hund: der Hund, der raucht», sagte der Inspektor pikiert. «Jedenfalls, auch eine Katze kann plötzlich sterben: sie hört auf, den schwarzen Reis zu fressen, und stirbt. Wieso haben Sie nicht gedacht, daß Ihre Katze zufällig plötzlich gestorben sei?»

«Ich weiß nicht, vielleicht weil ich an der Zuneigung meines Mannes zweifelte.»

«An seiner Zuneigung? Aber zwischen Zweifeln an der Zuneigung und in einem Nu Gewißheit haben, daß Ihr Mann Sie mit schwarzem Reis vergiften wollte, besteht ein Unterschied, würde ich sagen.»

«Ich habe nicht von Gewißheit gesprochen. Ich habe lediglich Eindrücke, Vorahnungen, Befürchtungen. Die Gewißheit muß aus den Analysen kommen. Ich habe Ihnen den schwarzen Reis mitgebracht, und auch die Katze, ich habe sie in den Gepäckraum des Autos gelegt, in einem Säckchen. Und es hat keinen Sinn, noch weiter von meinen Eindrücken zu reden, bevor man das Ergebnis der Analyse kennt. Ich sage Ihnen nur dies: daß ich glaube, man habe einen Anschlag auf mein Leben machen wollen; und ich weiß nicht, von welcher Seite. Wenn die Katze wirklich an Gift gestorben ist, wenn im schwarzen Reis Gift ist...»

Die Katze war an Gift gestorben, im schwarzen Reis

war Gift, um zehn Personen umzubringen. Der Apotheker leugnete nicht, die Süßspeise zubereitet zu haben; er hielt es für ausgeschlossen, daß jemand, außer seiner Frau, der Süßspeise hätte Gift hinzufügen könne. Bei der Kontrolle war die Giftmenge, die sich in der Süßspeise fand, genau dieselbe, die nach dem Register aus der Apotheke fehlte; und auf dem Glasgefäß waren nur die Fingerabdrücke des Apothekers. Die Tüte, in welche das Gift getan worden war, wurde in der Tasche seines Schlafrockes gefunden (er zog den Schlafrock an, wenn er sich als Koch betätigte); und in seiner Brieftasche wurde, schwerer Beweis, ein kurzer Brief gefunden, der von seiner Frau geschrieben zu sein schien (die Sachverständigen fanden die Schrift gut nachgeahmt, verneinten jedoch die Authentizität): «Ich kann nicht mehr leben. Du hast nichts damit zu tun. Du hast keine Schuld, brauchst dir also keinen Vorwurf zu machen. Lebe in Frieden.» Es fehlte ein Motiv, außer den unklaren Eindrücken über das Abnehmen der Zuneigung (nie ließ sie sich zu einem anderen Ausdruck hinreißen und wies mit kompromißloser Schamhaftigkeit jede Anspielung auf die sexuellen Beziehungen zurück); aber wenn etwas fehlt, hilft Gott; ein anonymer Brief kam zur rechten Zeit, um einen wertvollen Hinweis zu liefern: zehn, fünfzehn Tage zuvor hatte sich der Apotheker bei einer Frau von zweifelhaftem Ruf aufgehalten, hatte ihr gewisse vertrauliche Mitteilungen gemacht. Als man die Frau auf das Polizeibüro bestellte, brauchte es nicht viel, um ihr das Geheimnis zu entreißen, das ihr der Apotheker anvertraut hatte: daß er eine «kalte» Frau hatte. Dem Inspektor schien dies kein ernsthafter

Grund, kein ausreichendes Motiv für einen Ehemann zu sein, seine Frau zu beseitigen: alle Frauen sind «kalt». Aber er nahm die vertrauliche Mitteilung zur Kenntnis und gab sie, ohne ihr ein Wort hinzuzufügen, an den Untersuchungsrichter weiter, dessen Träume, an der Seite einer «kalten» Frau, von «heißblütigen» Frauen bevölkert waren: und daher wurde die Kälte, welche Frau Cres ihrem Gatten gegenüber bekundete, zur Basis, auf welcher Staatsanwalt Varga, Richter Azar und Genossen eine Verurteilung zu fünf Jahren wegen versuchten Mordes aufbauten, die dann vom Berufungsgericht bestätigt wurde, unter Vorsitz des Richters Riches, der in der Folge zum Präsidenten des Obersten Gerichtshofes aufstieg.

Bei dem Prozeß, wo er von einem nicht ganz von seiner Unschuld überzeugten Anwalt verteidigt wurde, zeigte der Apotheker Cres eine Haltung, die verächtlich erschien. Er sagte, daß, im Lichte des gesunden Menschenverstandes gesehen, nichts seine Ankläger, seine Richter zu denken hindern würde, daß alles eine Machenschaft seiner Frau wäre. Die Berufung auf den gesunden Menschenverstand verärgerte Staatsanwalt und Richter. Der Staatsanwalt fragte ihn, ob seine Frau der Katze zugeneigt gewesen war. Der Apotheker räumte die Zuneigung ein. «Sehr zugeneigt?», drängte Varga. Cres erwiderte, daß er den Grad der Zuneigung nicht feststellen konnte, und fügte ironisch hinzu: «Sie schien auch mir zugeneigt.» Berufung auf den gesunden Menschenverstand, Ironie: Dinge, die sich ein Angeklagter nie leisten darf. Varga äußerte sich empört über den Zynismus des Angeklagten und schloß mit dem Ausruf: «Nehmen wir einen Augenblick an, die Frau wäre wirklich imstande gewesen, einen so teuflischen Plan zu erdenken und auszuführen (und warum denn auch, wenn nicht einmal der Gatte ein Interesse, ein Motiv anzugeben vermochte?), ist es denkbar, daß sie so weit gegangen wäre, das unschuldige Tierchen zu opfern, dem sie, nach dem Eingeständnis des Angeklagten, der die bedrängende Anschuldigung auf sie abwälzen möchte, so sehr zugeneigt war?» Im Gerichtssaal breitete sich ein Gemurmel der Entrüstung, der Ungläubigkeit aus; die Präsidentin des Tierschutzvereins, bei allen Verhandlungen in ihrer Eigenschaft als solche und als Freundin der Frau anwesend, rief aus «Unmöglich!», und der Anwalt machte dem Apotheker ein Zeichen, daß sein Fall unrettbar verloren war.

Nach dem Berufungsprozeß verschwand Frau Cres. Plötzlich, ohne sich auch nur von ihren Freundinnen zu verabschieden, die ihr während des traurigen Prozesses beigestanden hatten. Soviel man auf dem Polizeibüro von ihr wußte, hätte sie auch gestorben sein können. Aber Inspektor Contrera hatte zu diesem Punkt seine eigene Theorie. Er hatte bereits im Verlauf der Nachforschungen einen gewissen Verdacht gehabt; keinen Beweis, versteht sich; nur den Verdacht, daß jene von Indizien allzu sorgfältig aufgebaut und daß zwischen den beiden, in ihrem Zusammenleben ohne Liebe, die Langeweile, die verzweifelte und blanke Langeweile, mehr auf ihrer als auf seiten ihres Mannes wäre. Als man erfuhr, daß sie verschwunden war, verdichtete sich der Verdacht: die Frau hatte das Verbrechen ausgeheckt, seine Ausführung aber seelenruhig der Polizei und den Richtern überlassen, um sich von ihrem Mann solange zu befreien, als sie brauchte, um zu verschwinden; und da eine Frau, nach Contrera, nie allein verschwindet, mußte es irgendeinen Mann geben, den die Dame, vorher und nachher, mit großem Geschick verborgen gehalten hatte. Contrera hatte versucht, irgend etwas zu entdecken, was sie belastete: aber vergebens.

Nach Verbüßung der fünf Jahre war der Apotheker nach Hause zurückgekehrt. Er erwartete natürlich nicht, seine Frau am häuslichen Herd vorzufinden; er bemühte sich auch nicht zu erfahren, wo sie geblieben war. Er hatte die Apotheke aufgelöst, alles verkauft, was er besaß, außer seinem Haus, wo er wohnte und an dem er sehr hing, trotz der traurigen Erinnerungen an den schwarzen Reis, die Katze, die Jahre, die er mit seiner Frau darin verbracht hatte, die ihn später so treulos verraten sollte. Er ging kaum aus und suchte selten die Gesellschaft jener zwei oder drei Freunde, mit denen er vor Zeiten Billard gespielt hatte und die abends unveränderlich bei der Apotheke vorbeikamen, um ihm die Neuigkeiten des Tages zu berichten.

Rogas hatte sich, bevor er das Restaurant verließ, vergewissert, daß Cres zu Hause war. Seit drei Tagen wurde das Haus genau überwacht, was insofern nicht schwierig war, da gegenüber ein Café, rechts davon die mittelalterliche Burgruine und linker Hand die Wohnung eines Polizisten lag. Er war da. Am Abend zuvor, gegen Einbruch der Dunkelheit, hatten sie ihn beobachtet, wie er auf den Balkon trat, im Schlafrock (viel-

leicht bereitete er den schwarzen Reis, dachte Rogas).
Das Licht hatte bis nach Mitternacht gebrannt. Seit-
dem hatte nichts mehr darauf hingewiesen, daß er zu
Hause war. Aber er war da.

Als Rogas ankam, gab ihm der Wachhabende ein unauf-
fälliges Zeichen, daß Cres zu Hause war. Rogas suchte
an der Haustüre nach dem Klingelknopf. Es war keiner
da. Er hob den wie ein Löwenkopf geformten Türklop-
fer, ließ ihn fallen. Der leere Widerhall im Hausflur, die
Woge tiefsten Schweigens, die ihn überrollte, gab Rogas das unbehagliche Gefühl, daß Cres fortgegangen
war. Aber er hämmerte weiter gegen die Tür, immer
stärker. Dann wandte er sich nach dem Polizisten um,
rief ihn mit einer Handbewegung herbei. Der Mann lief
herzu, den Becher mit Mandelmilch in der Hand, an der
er sich gerade gütlich tat, sagte zwischen Ärger und Ver-
blüffung «Er muß da sein» und warf sich gegen die Tür,
um wie verrückt zu klopfen.

«Genug», sagte Rogas. Er spürte, wie sie sich bei den
Besuchern des Cafés lächerlich machten, die sich jetzt
erklären konnten, warum sich die Polizisten beim
Konsum der preiswerten Mandelmilch abwechselten.
«Das war zu erwarten», sagte Rogas: und er meinte
damit nicht Cres, sondern die, die ihn seit drei Tagen
überwachen und aufhalten sollten, wenn er wegzuge-
hen versuchte. Es war nicht das erstemal, es würde
nicht das letztemal sein.

«Er muß drinnen sein: vielleicht schläft er, vielleicht
will er uns nur nicht aufmachen», sagte der Polizist.

«Kann sein», sagte Rogas: aber er tat es aus bloßer
Freundlichkeit und um den verwirrten, ängstlichen
Polizisten zu beruhigen.

«Was machen wir?», fragte der Polizist.

«Geh ins Café zurück», sagte Rogas. «Ich werde heute nacht mit einem Durchsuchungsbefehl und einem Schlosser zurückkommen.»

Er ging fort, wobei er vermied, die Zuschauer anzusehen.

Cres war fortgegangen. Bestimmt hatte er die Überwachung bemerkt und war in einem Augenblick, wo der Polizist sich entfernt hatte, in aller Gemütsruhe aus dem Haus gegangen. In zwei Tagen hatte er Gelegenheit gehabt, die Gewohnheiten seiner Überwacher zu studieren; am dritten war es ihm gelungen zu fliehen. Es gehörte im übrigen nicht viel dazu: es war fast Tradition beim Polizeikorps, sich die aus der Entfernung Überwachten entwischen zu lassen. Dem Anschein nach hing dies mit einer weitverbreiteten Nachläßigkeit zusammen; aber der eigentliche Grund war viel gefährlicher. Es war die Unfähigkeit der Polizeibeamten und ihrer Vorgesetzten, die Handlungsweise eines Menschen zu begreifen, der gewissermaßen nicht Fisch und nicht Fleisch war und den es zu überwachen und nicht zu verhaften galt. Die Struktur der Polizei war bis vor wenigen Jahren nur repressiv gewesen: und ihre Psychologie, ihre Gewohnheit dauerte fort. Obgleich er sich sagte, daß er nichts anderes erwartet hatte, fühlte Rogas brennend die Enttäuschung. Cres war aus einem Hause entwischt, das auch ein Blinder hätte überwachen können. Vor allem aber komplizierte seine Flucht, wenn es Flucht war, die Dinge. Indes, es mußte nicht unbedingt Flucht sein: vielleicht hatte Cres tatsächlich nichts gemerkt und war offen, ohne jede Vorsichtsmaßnahme fortgegangen, sogar unter dem Auge des Polizisten, der in der drückenden Mittagshitze den Grund vergessen hatte, aus dem er seit Stunden im Café saß, und in dem Mann, den er überwachen sollte, irgendeinen sah, der aus dem Haus ging, um etwas zu erledigen oder weil er Lust hatte, auf der Bastei frische Luft zu schöpfen. Im übrigen sagte sich Rogas, daß man nicht jeden, der floh, kaum hatte er die Aufmerksamkeit der Polizei erregt, als Schuldigen gelten lassen konnte. Im Gegenteil. Nach seiner Erfahrung gab es mehr Unschuldige, die flohen, als Schuldige. Die Schuldigen warteten, daß die Aufmerksamkeit der Polizei sich in einem Haftbefehl konkretisierte; sie machten es der Polizei leicht, gaben vielleicht sogar ein Geständnis ab, um desto schneller aus dem unsicheren Bereich der polizeilichen Ermittlungen in jenen gesicherten Bereich der Rechtsprechung zu gelangen, wo auch die Geständnisse der Beweise bedurften und der Beweis fast immer fehlte. Die Unschuldigen hingegen flohen. Nicht alle, versteht sich. Und mit gutem Grund konnte einer wie Cres auch dann fliehen, wenn er unschuldig war: denn schon einmal war er, vielleicht unschuldig, in jedem Fall aber mit schwachen Schuldbeweisen, in das Getriebe der Justiz geraten und erst nach fünf Jahren daraus entkommen und hatte nicht einmal die Genugtuung eines Urteilsspruches erfahren, der, wenn nicht seine Unschuld, so doch wenigstens die Unzulänglichkeit jener Beweise anerkannt hätte.

Daß Cres unschuldig verurteilt worden wäre, stand für Rogas nicht unbedingt fest. Anders als sein Kollege Contrera, der den Fall untersucht und Cres den Richtern übergeben hatte, seine Hände waschend wie Pilatus, hätte sich Rogas schon damals Gewißheit über

Schuld oder Unschuld verschafft und – nach reiflicher Überlegung – diskret, aber zäh dafür gesorgt, daß sich seine Überzeugung in den Protokollen niederschlug. Den Mann vor sich haben, mit ihm reden, ihn kennenlernen, bedeutete für Rogas mehr als die Indizien, mehr sogar als die Tatsachen. «Eine Tatsache ist ein leerer Sack.» Man mußte den Menschen hineintun, die Person, die Persönlichkeit, damit er aufrecht stand. Und was für ein Mensch war dieser Cres, den man wegen versuchten Mordes zu fünf Jahren verurteilt hatte, eines Mordes, den er vorsätzlich und auf Grund verwerflicher Motive geplant haben sollte. Was für ein Mensch war er nach seiner Verurteilung geworden, in den fünf Jahren Haft, in den weiteren fünf Jahren, in denen er, in die Freiheit zurückgekehrt, im eigenen Haus beinahe wie in einem Gefängnis gelebt hatte? Rogas konnte nur vermuten, phantasieren. Und das einzige konkrete Ergebnis, zu dem er dabei gelangte, war: daß Cres ein Mann war, der für das Gefängnis bestimmt war, der sich aus dem Leben ein Gefängnis gemacht hatte. Der Beruf: einer der verdammtesten, den ein Mensch wählen kann, und Cres hatte ihn mit achtzehn Jahren gewählt; kaum aus dem Gymnasium gekommen, wenn nicht schon früher. Und aus freien Stücken: nicht aus Tradition oder familiärem Zwang, denn sein Vater war Rechtsanwalt und hätte gewollt, daß er sich auf das Studium der Rechte vorbereitet. Und dann das Leben, das er führte, seine Gewohnheiten, seine Vergnügen. Und eine «kalte» Frau neben sich. Er hatte sich ein Gefängnis geschaffen und schien sich darin wohl zu fühlen. Darum hatte die Entdeckung eines Gefängnisses, in dem man ihn ungerechterweise festhalten konnte, mit Zwang und Gewalt, durch Machenschaft und Entscheidung anderer, in ihm einen unerbittlichen Haß geweckt, einen eiskalten und mörderischen Wahnsinn. Denn im Grunde bejaht derjenige die Freiheit am stärksten, der sich selber ein Gefängnis schafft (Rogas widersprach sich). Montaigne, Kant. Und warum über den armen Cres lachen; warum es lächerlich finden, seinen Namen neben diese großen Namen zu stellen, wenn Beethoven vom Himmel herab bestimmt, daß eine vollkommene Wiedergabe seines C-moll-Quartetts an die Ohren einiger junger Mädchen dringe und diese nichts weiter hören als das Rauschen einer Muschel, die Fanfare des Regiments? Es gibt das, was Edward Morgan Forster, Autor der phantastischen Beethoven-Anekdote, «die ursprünglichen Quellen» nannte: die ursprünglichen und allen gleichermaßen gehörenden Quellen (Rogas zog die «res nullius», die herrenlosen Güter, vor) der Melodie, des Sieges, des Gedankens. Beethoven in einer Muschel, Austerlitz in einer Landpartie. Die «Kritik der reinen Vernunft» auf einem Billardtisch. Die «Essais» in den Destilliergläsern einer Apotheke. Aber das wirkliche Gefängnis, das, von dem die anderen die Schlüssel in Händen halten, das, in welches die anderen euch hineinzwingen, ist genau die Verneinung des Gefängnisses, nach dem vielleicht jeder Mensch strebt und das wenige, mehr oder weniger unbewußt, in ihrem eigenen Leben verwirklichen.

Wie auch immer, Cres war fortgegangen. Weil er sich noch einmal zu Unrecht verfolgt fühlte, oder ganz einfach, weil er seine verrückte Rache fortsetzen und der Strafe entgehen wollte? Dies war für Rogas das

Problem. Aber es war eine reine Gewissensfrage. Technisch konnte das Problem der Nachforschung als gelöst betrachtet werden; Cres hatte sich durch seine Flucht selbst beschuldigt (denn offiziell bedeutete die Flucht Schuld, wenn Rogas auch gegenteiliger Meinung war): jetzt konnte man nach ihm fahnden, und morgen oder in einem Jahr würde Cres verhaftet oder getötet werden («getötet im Schußwechsel mit den Polizeikräften»); oder er würde weiter fliehen und entwischen und an einem bestimmten Punkt vielleicht sogar verschwinden: aber auch wenn Hunderte sich nach seinem Beispiel dem Sport verschreiben würden, Richter umzubringen, würden alle ermordeten Richter stets nur ihm zur Last gelegt werden.

Von der Polizeiwache aus telefonierte Rogas mit dem Staatsanwalt von Algo und bat um die Vollmacht, Cres' Haus nachts und in Abwesenheit des Hausbesitzers zu durchsuchen. Der Staatsanwalt, der über die Untersuchung nicht unterrichtet war, wollte die ganze Geschichte erfahren; aber als ihm Rogas sagte, daß Cres wegen versuchten Mordes verurteilt worden war, genügte dies, um seine Neugier in einem «Es handelt sich also um einen Vorbestraften» erlöschen zu lassen, und er versprach, den Durchsuchungsbefehl auszustellen. Anschließend ließ sich Rogas den «Klub für Kultur General Carco» zeigen. Er war sicher, daß er um diese Zeit einen der ältesten und vertrautesten Freunde von Cres dort antreffen würde. Auf dem Weg dorthin versuchte er die Sorgen und Widerwärtigkeiten in der Betrachtung der Portale, Galerien und Höfe zu zerstreuen, die sich in den engen, winkligen Gassen der

Altstadt vor ihm aufrollten. Was der an einem malerischen, dreieckigen Plätzchen gelegene Klub überhaupt mit Kultur zu tun haben konnte, wurde ihm beim Eintreten nicht klar; im übrigen hätte die Benennung nach General Carco, dem die Verbrennung der Palatinischen Bibliothek zu verdanken war, genügen müssen, um ihn zu warnen. Im Klub gab es zwei Billards und vier Kartentische, ein Tischchen, auf dem eine Jagdzeitschrift und eine Tageszeitung lagen, viele Stühle und zwei Spiegelkonsolen, welche die in ihr Tun versunkenen und an eine Trauerversammlung erinnernden Gruppen der Billard- und Kartenspieler widerspiegelten. Das Schweigen wurde nur von dem trockenen Zusammenstoß der Billardkugeln unterbrochen, von dem länger hingezogenen Ton, und er schien fröhlicher bei den Kugeln, die ins Loch rollten. Als Rogas eintrat, wandte sich ihm die Aufmerksamkeit der Spieler für einen Augenblick und fast unmerklich zu. Rogas grüßte, aber keiner antwortete, dann fragte er: «Herr Doktor Maxia?» Ohne die Augen von den Karten zu erheben, sagte einer der Spieler: «Der bin ich. Sie wünschen?» «Ich möchte Sie sprechen.» Rogas sagte es barsch, um ihm nicht die Illusion zu lassen, daß man das Gespräch bis zum Ende des Spiels verschieben könnte. Der Ton wirkte.

«Ich komme gleich», sagte Maxia. Behutsam legte er den Fächer der Karten hin, überließ seinen Platz einem Mann, der als aufmerksamer Zuschauer bei seinem Spiel hinter ihm gestanden hatte. Er näherte sich Rogas. «Ja, bitte», sagte er.

«Ich danke Ihnen. Ich bin...»

«Gehen wir hinaus, wenn es Ihnen recht ist», unterbrach ihn der Doktor. Und kaum draußen: «Sie sind Inspektor Rogas, ich habe ein Foto von Ihnen in der Zeitung gesehen.»

«Ja, ich bin Rogas.»

«Und Sie sind mit Nachforschungen über jene Kette von Verbrechen beschäftigt, die...»

«Ja», gab Rogas zu.

«Aber ich kann mir nicht denken, womit ich Ihnen dienen könnte.» Höflich das Lächeln, die Stirn besorgt gerunzelt.

«Ich muß mich entschuldigen, daß ich Sie vom Spiel weggeholt habe. Aber es handelt sich um eine kleine Routineangelegenheit, um eine Nachprüfung, die ich anstellen muß. Sie betrifft Ihren Freund Cres. Nichts, was in unmittelbarer Beziehung zu der Untersuchung stände, mit der ich beschäftigt bin, versteht sich. Es handelt sich nur um eine Feststellung, um jene scheinbaren Zusammenhänge auszuscheiden, die bei einer Untersuchung auftreten: und die man eben ausscheiden muß, um weiterzukommen.»

«Ich verstehe», sagte Maxia. Welcher nichts verstand.

«Man hat mir gesagt, daß Sie der einzige sind, mit dem Cres häufig verkehrt...»

«Das stimmt nicht ganz. Er, um Ihren Ausdruck zu gebrauchen, verkehrt nicht mit mir. Ich bin es, der ihn aufsucht, der versucht, ihn aus seinem Schneckenhaus herauszuholen, ihn zu bewegen, alte Gewohnheiten wiederaufzunehmen, ihn unter die Leute zu bringen. Aber es ist vergebliche Mühe. Manchmal würde ich es am liebsten aufgeben, um so mehr, als mir scheint, daß ich ihm mit meinen Besuchen lästig falle.»

«Interessant», sagte Rogas.

«Was?», fragte Maxia argwöhnisch.

«Das, was Sie sagen.»

«Aber, entschuldigen Sie, was wollen Sie eigentlich wissen?»

«Nichts Genaues. Ich möchte nur, daß Sie mir etwas über Cres erzählen: über seinen Charakter, wie er lebt...»

«Es ist mir lieber, wenn Sie mir Fragen stellen: wenn ich so frei über ihn spreche, fürchte ich etwas zu sagen, das von jemandem, der ihn nicht kennt, mißverstanden werden kann; etwas, das sich vielleicht sogar zu seinem Schaden auswirken kann.»

«Das brauchen Sie nicht zu befürchten: nichts von dem, was Sie mir sagen werden, wird in einen Bericht, in ein Protokoll kommen. Dies ist ein vertrauliches Gespräch. Ich will mir nur eine Vorstellung von dem Menschen Cres machen, von seiner Persönlichkeit.»

«Seltsame Persönlichkeit», sagte Maxia.

«Nun, ich stelle Ihnen eine präzise Frage: war er Ihrer Meinung nach unschuldig?»

«Ich will offen sein: lange Zeit hindurch habe ich geglaubt, daß er wirklich daran gedacht haben könnte, seine Frau zu beseitigen. Er ist immer ein verschlossener, schweigsamer, scheuer Typ gewesen, und von einem solchen Menschen kann man alles Mögliche glauben, im Guten oder im Bösen. Man weiß nie, was in ihm vorgeht. Und dann kommt plötzlich diese Anklage, auf Indizien aufgebaut, aber in abstracto ziemlich glaubhaft; aus der Anklage wird ein Urteil; das Urteil wird in der Berufung bestätigt... Irgendeiner glaubt daran. Ich habe daran geglaubt.»

«Schuldig.»

«Schuldig... Aber dann wirkt seine Frau plötzlich verändert: befriedigt, eine glückliche Miene, sorgfältig verborgen, aber aus jeder Gebärde, jedem Wort spürbar...»

«Weiter nichts?»

«Nichts weiter. Und dann, wie Sie wissen, ist sie verschwunden.»

«Sie könnte tot sein. Ermordet, will ich sagen.»

«Warum? Von wem? Wo?... Ihr Mann war im Gefängnis. Und niemand konnte ein Interesse daran haben, an der Frau Rache zu nehmen, die ihn, zu Unrecht oder zu Recht, für fünf Jahre ins Gefängnis gebracht hatte.»

«Es hätte ein Auftrag sein können.»

«Das halte ich für ausgeschlossen. Ich weiß zwar nicht, inwieweit Cres fähig ist, ein Verbrechen zu begehen. Aber ich halte es aus dem einfachen Grunde für ausgeschlossen, weil seine Frau am Tag vor ihrem Verschwinden die Operation, alle ihre Besitztümer zu Geld zu machen, abgeschlossen hatte.»

«Richtig», stimmte Rogas zu. «Sagen Sie mir: hat Cres im Gefängnis erfahren, daß seine Frau verschwunden ist?»

«Ich glaube schon.»

«Wissen Sie es nicht?»

«Nein, ich weiß es nicht. Seit er aus dem Gefängnis gekommen ist, hat er kein einziges Wort über seine Frau gesagt.»

«Nicht einmal über die Machenschaften, deren Opfer er geworden ist, über die ungerechte Verurteilung?»

«Auch nicht. Nie.»

«Und wovon spricht er? Wenn er mit Ihnen zusammen

ist, meine ich: es muß doch irgendein Thema geben, über das Sie sich häufiger unterhalten... Eine Vorliebe, ein Interesse... Bücher, Politik, Sport, Frauen, Skandalchronik...?»

«Lassen Sie mich nachdenken... Aber Sie haben vorhin gesagt: das ungerechte Urteil. Haben Sie das nur so gesagt, um mir einen Gefallen zu tun, oder sind Sie wirklich überzeugt, daß Cres zu Unrecht verurteilt worden ist?»

«Nicht ganz: sagen wir zu siebzig Prozent... Aber, wovon spricht er, wenn er mit Ihnen zusammen ist?»

«Er spricht nicht von Frauen. Verstehen Sie, das wäre, als ob man im Haus des Gehenkten vom Strick redete oder als ob der Gehenkte selbst vom Strick reden würde... Er versteht nichts vom Sport, Politik interessiert ihn nicht, Bücher liest er nur selten... Ich würde sagen, daß er gern über die Wechselfälle des Lebens redet: die dunkelsten, die verwickeltsten, die doppelsinnigen... Aber mit Abstand, mit Leichtigkeit; wie einer, der ein groteskes Schauspiel genießt, einen Schabernack... Wenn ich es recht bedenke: wie einer, der bereits Opfer eines Schabernacks gewesen ist und sich jetzt darüber amüsiert, andere in die gleiche Falle hineintappen zu sehen.»

«Er amüsiert sich?»

«Vielleicht tut er nur so... Der Prozeß Reis zum Beispiel: er verfolgte ihn in den Berichten von drei oder vier Zeitungen, er spricht oft davon...»

«Ah, der Prozeß Reis!»

«Verstehen Sie mich nicht falsch: Cres ergreift nicht Partei für den Angeklagten; er ist nicht von seiner

Unschuld überzeugt, er rechtfertigt auch nicht das Verbrechen, dessen er angeklagt ist.»

«Und als man Staatsanwalt Varga umgebracht hat?»

«Nichts.»

«Aber Sie haben darüber gesprochen?»

«Ja, aber nur unter einem, sagen wir, technischen Gesichtspunkt: ob, wenn der Ankläger tot ist, der Prozeß von vorne beginnen würde oder ob das Gesetz die Stellung eines Ersatzmannes vorsieht.»

«Und Cres hoffte auf die Stellung eines Ersatzmannes und daß der Prozeß nicht auf einen neuen Termin verschoben würde.»

«Wie können Sie das wissen?»

«Ich denke es mir.»

Maxia sah ihn mißtrauisch an. Augenscheinlich begann er sich zu fragen, ob er nicht zuviel geredet habe, und sich vorzunehmen, seine Worte abzuwägen. Rogas spürte, daß der Augenblick gekommen war, das Gespräch in eine andere Richtung zu lenken. «Cres ist nicht da», sagte er.

«Wo ist er nicht da? Zu Hause? In der Stadt?»

«Weder zu Hause noch in der Stadt: verschwunden.»

«Was soll das heißen, verschwunden? Und wie können Sie sicher sein, daß er nicht zu Hause ist?»

«Ich bin hingegangen, habe wiederholt geklopft: Schweigen.»

«Er tut, als ob er nicht da wäre. Auch bei mir, manchmal. Aber ich gehe darüber hinweg, ich bin nicht beleidigt. Er ist nicht gern mit Leuten zusammen, und manchmal auch mit mir nicht... Einmal habe ich das Tagebuch eines Florentiner Malers aus dem 16. Jahrhundert gelesen: eine eher düstere Angelegenheit, das Dokument einer Neurose. Ich habe mich gerade mit Bezug auf Cres daran erinnert: denn der Maler hörte seine Freunde klopfen und nach ihm rufen, und er tat, als ob er nicht zu Hause wäre; und dann notierte er ‹es klopfte der und der, ich weiß nicht, was sie wollten›, und er dachte ein paar Tage darüber nach...»

«Pontormo», sagte Rogas.

«Ja, Pontormo... Woher wissen Sie das?»

«Ich denke es mir», sagte Rogas. Diesmal ironisch.

«Pontormo», wiederholte Maxia verwirrt. Und den Faden wiederaufnehmend: «Sehen Sie, wenn ich vor seiner Haustüre stehe, sicher, daß er da ist und mir nicht aufmachen will, dann lasse ich den Zorn verrauchen, der mich momentan packt, und denke an Pontormo: daran, daß Cres mich da stehenläßt, nur um dann zwei Tage lang darüber nachzugrübeln, was ich gewollt haben könnte, und er weiß dabei, daß ich nichts will, und er schämt sich, weil er mich schlecht behandelt hat.»

«Pontormo geht aus dem Tagebuch als Hypochonder hervor. Was sagen Sie dazu?»

«Ich würde ja sagen.»

«Cres auch?»

«Da ich Arzt bin, würde ich in Hinsicht auf Cres vorsichtiger sein.»

«Richtig. Aber diesmal, lieber Doktor, glaube ich, daß Cres wirklich nicht zu Hause ist, daß er fortgegangen ist... Aber sagen Sie mir: sind Sie sicher, daß er jedesmal, wenn Sie vor der geschlossenen Türe standen, zu Hause war?»

«Beweise habe ich keine dafür. Ich kann auch nicht

sagen: immer. Es wird vorgekommen sein, daß er wirklich nicht da war.»

«Aber Sie haben immer den Verdacht gehabt, daß er da war?»

«Die ersten Male nicht. Dann, nachdem ich mich bei den Nachbarn erkundigt hatte und niemand ihn fortgehen sah, habe ich mir diese Erklärung zurechtgelegt; und im übrigen entspricht sie seiner Art, so wie ich ihn kenne.»

«Und ist es Ihnen in letzter Zeit öfter passiert, daß Sie vor der verschlossenen Haustüre standen?»

«Ich erinnere mich nicht ... Es ist mir öfter passiert, ja, aber ich kann nicht sagen, ob häufiger als im vorigen Jahr oder vor drei Jahren.»

«Ich will Ihnen offen sagen, daß wir Cres suchen, um ihn bezüglich dieser Richtermorde zu verhören. In diesen letzten Tagen haben wir ihn überwachen lassen: und bis gestern abend war er nach Aussage der Wachen zu Hause. Nun habe ich das bestimmte Gefühl, daß er nicht mehr da ist, daß es ihm gelungen ist, die Überwacher zu täuschen und sich zu verdrücken. Ich habe vom Staatsanwalt eine Vollmacht angefordert: heute nacht, wenn Cres nicht da ist, wie ich vermute, oder wenn er tut, als ob er nicht da wäre, wie Sie glauben, werden wir die Tür aufbrechen und das Haus durchsuchen. Bei dieser Gelegenheit werden Sie, wie ich hoffe, als Freund von Cres und in seinem Interesse die Güte haben, mich zu begleiten.»

«Ich werde kommen. Aber zuerst möchte ich, daß wir jetzt zusammen hingehen, um zu versuchen, ob er uns aufmacht.»

«Einverstanden», sagte Rogas.

Cres war auch in der Nacht nicht da. Rogas bemerkte, wie sauber und ordentlich das Haus gehalten war, das für einen Mann allein viel zu groß war. Aber es wehte ein bedrückender Hauch darin, wie in Gefängnissen und Klöstern. Als besonders bedrückend empfand Rogas ein Bild von Frau Cres, das (mit schmachtendem Blick und nur leicht geschlossenen Lippen, wie im Begriff, ein Liebeswort auszusprechen) aus einem schweren Silberrahmen hervorblickte: es war gegenüber dem Ehebett angebracht, in welchem Cres dem Anschein nach weiterhin geschlafen hatte, da auf dem Nachttischchen Flasche und Trinkglas, Bicarbonat, Hustenpastillen, Schuhlöffel, Aschenbecher und der dritte und letzte Band einer Volksausgabe der «Brüder Karamasow» ordentlich nebeneinander lagen. Unter dem Buch war eines jener Notizkärtchen, wie sie den Luxuszigaretten beigegeben sind: und der Inspektor dachte, daß Cres es als Buchzeichen benutzt hatte; und da es nicht mitten im Buch steckte, konnte man vermuten, daß er es zu Ende gelesen hatte. «Los, jetzt machen wir Schluß mit den Reden und gehen zum Leichenschmaus. Stören Sie sich nicht daran, daß wir Pfannkuchen essen werden; das ist ein alter, uralter Brauch, und auch er hat sein Gutes.» Vielleicht hatte er es zu Ende gelesen, während er darauf wartete, daß er sich unbemerkt davonschleichen konnte, nachdem er zuvor das Haus so in Ordnung gebracht hatte, daß die Polizei bei der erwarteten Durchsuchung nichts finden würde. Ein genauer, pedantischer Mensch: und er hatte nichts hinterlassen, das dazu dienen konnte, ihn zu identifizieren oder in Verdacht zu bringen, keine Photographie, keine Hotelrechnung, keine Fahrkarte oder irgendwelche Quittungen. Die Identität des Mannes, der bis vor wenigen Stunden das Haus bewohnt hatte, verblaßte in den wenigen Dingen, die neben dem Bett lagen: dem Bicarbonat, den Hustenpastillen, den «Brüdern Karamasow»... Bicarbonat- und Pastillenschachtel waren fast leer, darum hatte er sie wohl dagelassen. Man konnte daraus schließen, daß er davon einen gewissen Verbrauch hatte, zumal er komplizierte Gerichte aß (in der Küche waren die seltensten und pikantesten Gewürze) und türkische Zigaretten rauchte. Was die «Karamasows» anging, so konnte man dieser Lektüre aus der Tatsache einen Sinn geben, daß in der kargen Bibliothek die Russen, bis zu Gorki, vorherrschten.

Die leeren Photorahmen lösten in Maxia eine plötzliche Krise aus. Er erinnerte sich sehr gut an eine der verschwundenen Photographien: da stand Cres, über seine Mutter gebeugt; die alte Dame hatte einen geöffneten Fächer in der Hand und war darauf bedacht, daß das Objektiv jene Gebärde überlebter Koketterie wiedergäbe. Warum hatte Cres sie verschwinden lassen? Offenbar weil er nicht wollte, daß ein Bild von ihm der Polizei in die Hände fiele. Dies wurde durch die Tatsache bestätigt, daß sich in einer großen Schachtel unzählige Photographien seines Vaters, der Mutter, seiner Frau und vieler Unbekannter befanden, die Verwandte und Freunde sein mußten, und nicht eine von ihm, nicht einmal die von der ersten Kommunion. Maxias Loyalität gegenüber seinem Freund geriet ins Wanken. Für Rogas hingegen war das Problem nicht so einfach: entweder hatte Cres die Photographien aus einer Art Aberglauben entfernt, damit sein Bild nicht Leuten in die Hände fiel, die ihm nicht Freunde waren (denn in der Neurose, auch eines leidlich gebildeten Menschen, kommen die seltsamsten abergläubischen Regungen an die Oberfläche); oder er wollte verhindern, daß die Polizei sich ihrer bei der Fahndung nach ihm bediente, indem sie sie im ganzen Land verbreitete und in den Zeitungen veröffentlichte. Aber in diesem Fall hatte die Umsicht wenig zu bedeuten: in einigen Stunden konnte Rogas sowohl vom Paßamt als auch von dem Archiv des Gefängnisses, in dem Cres seine Strafe abgesessen hatte, die Photographien bekommen, die für die Fahndung gebraucht wurden. Abgesehen davon, daß auch in den Zeitungsarchiven und Bildagenturen die eine oder andere Photographie aus der Zeit des Prozesses liegen mußte. Es sei denn... Blitzartig erinnerte sich Rogas an die Unordnung und Nachlässigkeit, die in diesen Archiven herrschte, daran, wie leicht es wäre, aus den historischen Archiven ein Dekret von Carlo dem Sechsten oder eine Denkschrift des Generals Carco und aus den Gerichtsarchiven eine Prozeßakte zu entwenden, und zum ersten Mal kam ihm der Verdacht, daß er Photographien von Cres nirgends finden würde.

Er fand tatsächlich keine. Auch die zwei Photographien, die vor zehn Jahren in den Zeitungen veröffentlicht wurden, nützten ihm nichts: denn auf der einen sah man nur Inspektor Contrera, auf der anderen den Verteidiger, und Cres wie einen Umriß hinter trübem Glas. Was den berühmten Zeichner der Polizei betraf, dem man die Festnahme eines Diebes verdankte, dessen Gesicht er nach der Beschreibung des Bestohlenen gezeichnet hatte, so hätte man durch die Verbreitung des Porträts, das nach zwei Arbeitstagen und mit Hilfe des Doktors Maxia, der ununterbrochen beschrieb und Korrekturen empfahl, schließlich zustande kam, beinahe eine Fahndung nach einem berühmten Filmschauspieler ausgelöst.

Es wurde die Beschreibung eines Mannes verbreitet, einsfünfundsiebzig groß, mager, mit bräunlichem Teint, Geheimratsecken, den ersten weißen Haaren, vollständigem Gebiß, leicht gebogener Nase, der sich mit Vorliebe in Grau kleidete und über viel Geld verfügte. Und dieser letzte Punkt machte ihn praktisch unverwundbar, sofern er sich auf Reisen und bei seinen Aufenthalten an die Luxusklasse hielt, wohin die Kontrolle der Polizei nur sehr schüchtern vordrang.

Kurzum, Cres war unsichtbar geworden.

Rogas glaubte auch bald zu wissen, wie es Cres gelungen war, sich falsche Papiere zu beschaffen: er hatte im Gefängnis einen der geschicktesten Fälscher des Landes kennengelernt, der den Polizeibehörden von vier oder fünf Staaten bestens bekannt war. Ein seriöser Mann, sehr gewissenhaft und loyal der Kundschaft gegenüber.

Mitgefangene, darüber befragt, erinnerten sich, daß der Fälscher im Gefängnis viel mit Cres zusammengewesen war. Rogas suchte ihn auf, da auch er jetzt frei war: aber der Mann sagte, daß er im Gefängnis mit Cres Schach gespielt und über Bücher geredet hätte, daß er ihn in guter Erinnerung hätte, aber außerhalb des Gefängnisses hatte er ihn nicht wiedergesehen; er war sogar begierig darauf, etwas über ihn zu erfahren. Ging es ihm gut? Hatten sie seinen Prozeß wiederaufgenommen? Wenn der Inspektor ihn träfe, ob er so freundlich sein wollte, ihn von ihm zu grüßen? Rogas hatte nichts anderes erwartet.

Zu diesem Zeitpunkt glaubte Rogas, die Beweisfrage ziemlich zuverlässig gelöst zu haben. Er mußte nur noch Cres finden: und dazu galt es als erstes, die Hotelregister in jenen Städten zu kontrollieren, wo die Verbrechen verübt worden waren. Sie mußten feststellen, ob sie nicht in jeder Stadt auf ein und denselben Namen stießen, und das würde der Name sein, den sich Cres in den falschen Papieren zugelegt hatte. Nicht als ob Rogas tatsächlich auf ein Ergebnis gehofft hätte, aber es war eine Arbeit, die er machen mußte; und im übrigen belehrten ihn unzählige Kriminalfälle, mit denen er sich befaßt hatte, daß sich in das vollkommenste, in allen Einzelheiten, mit aller Spitzfindigkeit und Sorgfalt geplante Verbrechen stets und unvorhersehbar irgendein dummer, plumper Fehler einschlich, der dazu angetan war, seinen Urheber zu verderben.

Aber während der Inspektor, in die Hauptstadt zurückgekehrt, sich darauf vorbereitete, einen vollständigen Bericht über seine Untersuchung zu verfassen, wurde ausgerechnet in der Hauptstadt Staatsanwalt Perro ermordet. Und diesmal gab es Zeugen: einen Nachtwächter, eine Prostituierte, einen Herrn, der sich wegen der Hitze auf dem Balkon aufhielt. Keiner von den dreien hatte das Verbrechen beobachtet; aber unmittelbar nachdem sie den Schuß gehört hatten, sahen alle drei zwei Männer fliehen. Sie waren so schnell und leichtfüßig gerannt, daß es sich um junge Leute handeln mußte; ihr Haarwuchs und ihre Kleidung (sie waren für einen Augenblick unschlüssig unter einer Laterne stehengeblieben) wies sie als Angehörige ganz bestimmter Gruppen aus. «Sie ließen sich Schnurrbart und Backenbart frei wachsen, die Haare sehr lang und lose herabhängend ... Sie trugen Schmuck ... Die Ärmel sehr eng um die Handgelenke ... Mäntelchen, Hosen und verschiedenartige Formen von Schuhwerk ...» (Procopius von Caesarea, Geheime Geschichte).

Die Nachricht erheiterte das ganze Land, oder doch das ganze Land beinahe. Die Moral wurde dadurch in jedem Sinn gehoben: des Parlaments, der Regierung, der Zeitungen, des Klerus, der Familienväter, der Professoren. Und auch der Arbeiterklasse und der Internationalen Revolutionspartei, die sie vertrat. Es gab keine Zeitung, die der Polizei verhüllten Sarkasmus oder offenen Hohn erspart hätte. Die Frage, welche alle Kommentatoren, Anhänger der Regierungspartei und der Opposition gleichermaßen beschäftigte, war: Wieso hatte sich die Polizei in einem Land, das durch die Aktivität jugendlicher Gruppen beunruhigt wurde, welche die Gewalt als Mittel und als Endzweck predigten, ausgerechnet der These des einsamen Verbrechers, des verrückten Rächers verschrieben?

Das fragten sich auch der Chef der Polizei und der Minister. Vergeblich versuchte Rogas seinem Chef begreiflich zu machen, daß nichts vorgefallen war, das die Gültigkeit der bis zu diesem Augenblick verfolgten These gemindert hätte, und daß man das übereinstimmende Zeugnis dreier angesehener Bürger als das betrachten müsse, was es war: die Beobachtung, daß sich zwei junge Leute eilig vom Ort des Verbrechens entfernten. Der Chef fühlte sich beleidigt, und er befahl Rogas, sich Cres endlich aus dem Kopf zu schlagen; der arme Tropf sei wahrscheinlich vor der ungerechten Verfolgung geflohen. Er solle lieber mit seinem Kollegen von der politischen Abteilung zusammenarbeiten, wenn er sich und das Polizeikorps vor der Blamage retten wolle.

Rogas schlug sich Cres nicht aus dem Kopf, welcher jetzt dank einem Nachtwächter, einer Prostituierten und einem unter der Hitze leidenden Herrn seinen Plan ungestört und in aller Freiheit weiter ausführen konnte. Sein berufliches Interesse hatte sich gemindert; es blieb sein menschliches Interesse und der Ehrgeiz. Er würde Cres begegnen, früher oder später: und vielleicht nicht einmal um ihn zu verhaften; man mußte ihn hereinlegen, er würde ihn hereinlegen. Inzwischen hielt sich Rogas seinem Kollegen von der politischen Abteilung zur Verfügung: und das lief in Wirklichkeit auf eine Bestrafung, eine Degradierung hinaus.
Die Büros der politischen Abteilung glichen einer soeben eingerichteten Zweigstelle der Bibliothek der Benediktinermönche: an jedem Tisch ein in die Lektüre eines Buches, einer Broschüre, einer Zeitschrift vertiefter Beamter; und überall Bücher, Broschüren und Zeitschriften mit bedrohlichen oder unverständlichen Titeln aufgetürmt.
«Wir sind dabei, alle Veröffentlichungen der Gruppen in diesem letzten Halbjahr zu lesen; und wir halten uns

bei denjenigen Artikeln oder Stellen auf, welche die Justizbehörden unseres Landes angreifen», erklärte ihm der Sektionschef, Herr Aron.

«Bisher haben wir drei oder vier gefunden, in denen eine gewisse Gewalttätigkeit propagiert wird; aber unser besonderes Interesse gilt dem da.» Er nahm eine Zeitschrift aus grobem Hanfpapier, schlug sie auf, zeigte Rogas die am Rand rot angestrichene und mit blauen Unterstreichungen übersäte Seite.

«Lesen Sie das, diese Sätze sind hervorragend dazu geeignet, Wirrköpfe aufzuhetzen und Leute zur Tat anzustacheln, die bereits alle vernünftigen Maßstäbe verloren haben.»

Rogas las, zerstreut. Er dachte an vernünftige Maßstäbe: bei seinem Kollegen, bei Cres. «Tatsächlich», sagte er und gab die Zeitschrift zurück – «das ist ein ziemlich starker Artikel: zu beanstanden, würde ich sagen, wegen Beleidigung; vielleicht auch wegen Anstiftung zu Verbrechen». Schon gemacht, lieber Kollege, schon gemacht.» Das Wort Kollege betonte er so herablassend, als wolle er sagen, daß sie es natürlich waren.

«Aber das Problem liegt darin, zu erfahren, wer ihn geschrieben hat. Natürlich könnten wir uns an den Chefredakteur der Zeitschrift halten. Aber der Artikel ist anonym: hat er ihn geschrieben, hat er ihn nicht geschrieben?... Sehen Sie, ich glaube, daß die Schüsse, diese Richtermorde will ich sagen, aus der Gruppe kommen, die diese Zeitschrift herausgibt. Und wissen Sie, warum ich das glaube? Weil die Gruppe, die wir überwachen, sich in letzter Zeit sozusagen aufgelöst hat: etwa zehn werden noch von uns überwacht; die anderen sind verschwunden, und wir können sie nicht finden.»

«Glauben Sie nicht, daß es die Jahreszeit gewesen ist, die die Gruppe aufgelöst hat?» Rogas fiel auf, daß das Wort Gruppe aus den Artikeln auf die Polizeibüros übergegangen war; Herr Aron gebrauchte es wie zwischen Anführungszeichen. – Sie werden in die Ferien gereist sein, ans Meer, in die Berge, ins Ausland...

«Daran haben wir gedacht. Und sie werden vielleicht am Meer oder im Gebirge sein, aber verborgen.»

«Ach woher. Sie werden auf den Landsitzen ihrer Väter sein, auf den Segeljachten. Ich wette, daß die zehn, die ihr noch überwacht, die Ärmeren sind.»

«Kann sein.» Und dann warf er ein: «Auch der Chefredakteur der Zeitschrift ist verschwunden... Ich möchte, daß Sie ihn ausfindig machen: nicht um ihn zu verhaften oder festzuhalten, wohlgemerkt...»

«Das wird nicht leicht sein.»

«Für Sie leichter als für uns, schätze ich. Sie sind ja so etwas wie ein Literat.» In einem Ton, der gewinnend sein wollte, aber Spott und Geringschätzung durchblicken ließ: denn Rogas stand bei Vorgesetzten und Kollegen im Verruf, ein Literat zu sein, sowohl wegen der Bücher, die auf seinem Schreibtisch im Büro standen, als auch wegen der Klarheit, Präzision und dem guten Stil seiner schriftlichen Berichte. So verschieden waren sie von Schriftstücken, die seit undenklichen Zeiten in den Polizeibüros umliefen, daß sie häufig den Ruf auslösten: «Ja, wie schreibt denn der?» oder auch: «Aber was meint er denn?» Man brachte auch in Erfahrung, daß er gelegentlich den oder jenen Journalisten, den einen oder anderen

Schriftsteller aufsuchte. Und er besuchte häufig Kunstgalerien und Theater.

«Ich bin nicht so etwas wie ein Literat», sagte er schroff.

«Verzeihen Sie, ich wollte sagen, daß Sie mit diesen Leuten auf vertrautem Fuße stehen.»

«Auch das nicht. Ich kenne drei oder vier Journalisten, die kaum Literaten sind. Und ich bin mit dem Schriftsteller Cusan vom Gymnasium her befreundet.»

«Wie auch immer, Sie sind in einer besseren Lage als wir... Sie müssen also erstens feststellen, wo sich der Chefredakteur der Zeitschrift verborgen hält, und mich unverzüglich benachrichtigen, damit ich eine strenge Überwachung organisieren kann; zweitens, sobald die Überwachung im Gang ist, müssen Sie ihn aufsuchen, mit ihm sprechen, ihm jede nur mögliche Information über die Zeitschrift und die Gruppe entlocken, ihn genügend beunruhigen, damit er etwas unternimmt, um auch seine Freunde aufzuscheuchen. Überflüssig zu sagen, daß wir auch das Telefon des Hauses, wo er Zuflucht gefunden hat, abhören werden... Einverstanden?»

«Einverstanden», sagte Rogas.

Der Chefredakteur der Zeitschrift «Rivoluzione Permanente» war, wie Rogas schnell erfuhr, Gast des Schriftstellers Nocio. Rogas benachrichtigte seinen Kollegen von der politischen Abteilung, der umgehend Überwachung und Abhören der Telefongespräche anordnete. Zwei Stunden später klopfte Rogas an der kleinen Villa am Stadtrand, wohin Nocio sich jeden Sommer zurückzuziehen pflegte, um ein neues Buch zu schreiben.

Ein Mädchen in Schürze und weißem Spitzenhäubchen öffnete, musterte ihn mißtrauisch, sagte, noch ehe Rogas ein Wort gesprochen hatte: «Herr Nocio ist nicht da.»

«Ich bin Polizeiinspektor.»

«Ich will nachsehen, ob er da ist», sagte das Mädchen: errötend entweder wegen der soeben ausgesprochenen Lüge oder vor Aufregung, erstmals in diesem Haus einem Polizeiinspektor gegenüberzustehen.

Nocio war da. Das Mädchen führte Rogas in das große, verdunkelte Arbeitszimmer; im Hintergrund an einem Schreibtisch, auf den das Licht einer Stehlampe fiel, und es war Tag, saß Nocio. Er hob die Augen von dem Manuskript, das er dem Anschein nach soeben korrigierte, als der Inspektor drei Schritte vor ihm stand; er erhob sich, indem er sich auf die Armlehnen des Sessels stützte, wie mit Anstrengung; er ging um den Schreibtisch herum, streckte ihm die Hand hin.

«Ich bin Inspektor Rogas.»

«Sehr erfreut. Ich stehe zu Ihrer Verfügung.» Die Hände ausbreitend, um zu sagen, daß es sehr wenig war, was er aus seinem eingewurzelten Stande der Unschuld heraus für die Polizei tun konnte, die bekanntlich immer nach Schuldigen sucht.

«Ich bin gekommen», sagte Rogas, «weil uns bekannt wurde, daß Dr. Galano, Chefredakteur der Zeitschrift ‹Rivoluzione Permanente›, Ihr Gast ist.»

«Nicht mein Gast: der meiner Frau.»

«Ah», erwiderte Rogas.

«Denken Sie nicht das, was Sie soeben denken», sagte Nocio lachend. Meine Frau hat das kanonische Alter hinter sich, man könnte sagen, daß sie seine Perpetua* ist; Perpetua eines Priesters der Revolution. Und dann, unter uns gesagt, Galano...

«Ich weiß», sagte Rogas.

«Ja, ja, ihr wißt alles... Und ihr habt erfahren» mit Ironie «daß Galano mein Gast ist: eine nicht ganz zutreffende Information. Er ist Gast meiner Frau. Unter uns gesagt, ich kann ihn nicht ausstehen: er ist ein kleiner, hysterischer Provinzintellektueller. Was sage ich, Intellektueller? Er ist einer von jenen Idioten, welche die Illusion eines intelligenten Gesprächs vorspiegeln. Es gehört heutzutage nicht viel dazu, diese illusionistische Geschicklichkeit zu erwerben: Worte, Worte, Worte... Sie lesen seine Zeitschrift?»

«Den einen oder anderen Artikel. Berufspflicht.»

Nocio ließ sich in seinen Lehnstuhl fallen, von einem lautlosen, unaufhaltsamen Lachen geschüttelt.

«Berufspflicht! Wissen Sie, daß Sie einen der besten Witze gemacht haben, die ich in den letzten Jahren gehört habe? Berufspflicht! Herrlich!... Aber nehmen Sie doch Platz!» Er deutete auf den Lehnstuhl gegenüber.

Sein plötzlicher Heiterkeitsausbruch war verflogen.

«Haben Sie», fragte Nocio, «jenen Teil der Zeitschrift gesehen, der die Bücher betrifft? Es ist eine Rubrik, die sich ‹Der Index» betitelt... Dieser Idiot, Galano meine ich, hat den Index der verbotenen Bücher entdeckt:

---

* die Haushälterin des Pfarrers Don Abbondio in dem berühmten Roman von Alessandro Manzoni «Die Verlobten».

nach vier Jahrhunderten und mehr, während die katholische Kirche ihn zurückzieht... Meine Bücher kommen auf seinen Index, alle, eines wie das andere. Stellen Sie sich vor: meine Bücher! Die revolutionärsten Bücher, die seit dreißig Jahren auf diesem Gebiet geschrieben worden sind!»

Er ist ein naiver Kerl, dachte Rogas, er ist gleich auf den schmerzenden Punkt gekommen.

«Ja, ja», stimmte er zu. Aber nur um ihn zu trösten.

«Tatsache ist», fuhr Nocio fort, «daß sie Katholiken sind, fanatische, finstere Katholiken: sie wissen es nur nicht. Schade, daß die katholische Kirche solche Eile hat, sich den veränderten Zeiten anzupassen: wenn sie sich verschanzen würde, wenn sie ihre Dogmen mit der gleichen Engstirnigkeit und Grausamkeit verteidigen würde wie zu Zeiten Philipps II., der Inquisition, der Gegenreformation, dann würden ihr diese Leute in Scharen zulaufen. Verbieten, untersuchen, bestrafen: das ist es, was sie wollen.»

«Aber dann würde die katholische Kirche wieder auf uns lasten wie in den Zeiten der Gegenreformation. Und das wollen Sie bestimmt nicht», bemerkte Rogas.

«Nein, ich will es nicht. Und im übrigen wird es nie dazu kommen. Aber manchmal sehne ich mich danach. Alles würde eindeutiger, klarer: sie auf der einen Seite, ich auf der anderen. So hingegen bin ich gezwungen, auf ihrer Seite zu stehen, auf der Seite Galanos, der mich auf den Index setzt. Die Revolution, verstehen Sie? Dieses Wort, das nur ein Wort ist, verpflichtet mich, verbindet mich mit Galano und seinesgleichen... Ich hasse sie!»

Eine Pause. Dann erhob sich Nocio, ging zum Schreibtisch, holte einige Blätter; setzte sich wieder Rogas gegenüber. «Wissen Sie, was ich gerade tat, als Sie hereinkamen? Ich war dabei, Verse zu überlesen und zu korrigieren, die ich gestern abend in einem wahren Wutausbruch hingeworfen habe. Verse! Seit dem Gymnasium habe ich keine mehr geschrieben... Lesen Sie sie.» Er reichte ihm die Blätter mit einer nervösen Geste hin, als ob er einen Entschluß gefaßt hätte, dessen er sich schämte. Rogas las.

Voller Anmaßung wiederholt ihr Worte
die ihr nicht begreift:
Ideen-Spray, Schaum von alten und neuen Ideen
(mehr alten als neuen)
geifert und trieft von euren Lippen
wie gestern erst auf dem Arm der Mutter
– die Mutter die Mutter –
die Milch. Und es trieft herab
von euren Märtyrerbärten:
Vorspiegelung einer Reife, die euch
dem Vater gleichmachen soll
und damit tauglich zum Inzest.
Die Mutter –
da liegt das Problem:
die Frau, die im Bett eures Vaters liegt
und ihr verkündet ihr Reich
und unter dem Bart habt ihr das Gesicht
des Aloysius des Neokapitalismus
alle Erbfehler der Gonzaga
in jenem schmalen Antlitz
alle Erbfehler der Bourgoisie.
Aufgewachsen zwischen den Zwergen
und Hanswursten

zwischen den Buckligen und den Impotenten
destilliert aus der französischen Krankheit
war er heilig, weil er nie seiner Mutter
ins Gesicht sah
die eine Frau war.
Und ihr schaut ihr ins Gesicht und denkt
daß sie eine Sau ist
wenn sie im Bett eures Vaters liegt
weil ihr heiliger seid als er
selbst wenn ihr es nicht wißt.
Auch ihr seid aufgewachsen
zwischen Hanswursten, Zwergen und Impotenten
zwischen dem Gold und der Syphilis.
Euer Bart soll sie finster machen
die zarten Gesichter von Zuhältern
von Homosexuellen
von Abartigen.
Und Robespierre, der keinen Bart hatte
lacht über euch, über eure Revolution:
sein Schädel lacht
sein Staub
sein letztes Stäubchen, das mehr wert ist
als euer ganzes Leben.
Und auch Marx, der einen Bart hatte, lacht
lacht in jedem Haar seines Bartes
lacht über die leeren Hülsen
die er euch hinterlassen hat:
Schellen, die klingeln
vom vertrockneten Samen
vom erstorbenen Samen.
Und ihr putzt euch auf damit wie Zirkuspferde
schüttelt sie im Müßiggang

in eurem Unbefriedigtsein
im Überdruß.
Der lebendige Same von Marx ist in denen
die leiden
die denken
die keine Fahnen haben.
Sie lachen, Robespierre und Marx
oder sie weinen über euch
über den nicht mehr menschlichen Menschen
über den Gedanken, der nicht denkt
über die Liebe, die nicht liebt
über das ewige Fiasko des Geschlechtes
und des Geistes,
mit dem ihr das Reich der Mütter verkündet
and that is not what I meant at all
that is not it, at all
dies nicht, dies nicht
und auch wir wollten es nicht
wir lasterhaften, verderbten Hanswurste
wir Väter
auch wir nicht
denn wir prostituierten das Leben
aber meinten die Liebe
wir prostituierten den Geist
aber meinten den Gedanken
die Vernunft
das Geschlecht
den Mann und die Frau
den Schmerz
den Tod.
Talleyrand sagte, die Süße des Lebens
kannten nur jene, die wie er

vor der Revolution gelebt hätten
aber nach euch (nicht nach eurer Revolution
denn ihr werdet sie nicht machen) wird es
weder Widerschein noch Widerhall
der Süße des Lebens geben
noch wird eine Erinnerung an euch bleiben
außer in den Archiven des
Federal Narcotic Bureaus.
Der menschliche Mensch hat seinen
Mond gehabt
menschliche Gottheit
stille Leuchte der Liebe
ihr habt den euren:
grauen, pockennarbigen Bimsstein
Wüste, würdig eurer nicht mehr
menschlichen Gebeine
tote Natur mit den toten Ampullen des
Verstandes.
Aber was wißt ihr
von Ariostos rasendem Roland
seinem zurückeroberten Verstand durch Astolfo
auf einer Reise zum Mond
von Verstand, versiegelt in einer Flasche
wie der eure (aber nicht zurückzuerobern
der eure).
Die Flasche tote Natur
die Scherzflasche des Eros
wie Stendhal sagte
Stendhal, den ihr nicht kennt
Stendhal, der die Sprache der Leidenschaft
spricht
für die ihr tot seid.

«Interessant», sagte Rogas. «Werden Sie es veröffentlichen?»

«Wollen Sie mich auf den Arm nehmen?» Seine feinen und gedankenvollen Züge wurden gewöhnlich. Ein Kaufmann, dachte Rogas, der ein Angebot hört, das ihm Verlust bringt. «Wollen Sie mich auf den Arm nehmen? Mit dem Finger würden sie auf mich zeigen, mich als Reaktionär beschimpfen; wenn ich etwas Derartiges herausbringe, bin ich geliefert: dann kann ich mir gleich einen Grabstein kaufen.»

«Aber Sie mußten es schreiben, Sie haben es geschrieben.»

«Ein Ausbruch, nichts weiter als ein Ausbruch. Die Laune eines Augenblicks. Verrückt. Sie werden mir sagen, daß auch Wahrheiten darin stecken, Prophezeiungen. Aber sie zählen nicht gegenüber der Wahrheit der Revolution, die so gewiß kommen wird, wie der Tag nach der Nacht... O nein, Galano wird sie nicht machen; Leute wie er werden sie nicht machen... Aber sie wird kommen: und Galano und die anderen, die von ihr reden, ohne sie zu begreifen, werden dabei sein, in vorderster Front... Und vielleicht werden sie die ersten sein, die verschlungen werden, aber einstweilen sind sie da, sie werden da sein bis zu dem Augenblick, wo sie losbricht.» Den Ton ändernd: «Sie haben Pascal gelesen?»

«Ich habe ihn gelesen.»

«Erinnern Sie sich an die Stelle über die Wette? Im ersten Augenblick erscheint der Gedanke zynisch...»

«Ich würde sagen ungeheuerlich.»

«Er ist es nicht. Wenn ich an Gott glaube, an das ewige Leben, an die Unsterblichkeit der Seele, auch wenn es sie nicht gibt, welchen Preis werde ich bezahlen? Keinen. Aber wenn ich nicht an sie glaube, und es gibt sie doch, dann ist der Preis die ewige Verdammnis... Heute gilt diese Wette nicht für die Metaphysik, sondern für die Geschichte. An die Stelle des Jenseits ist die Revolution getreten. Ich würde riskieren, alles zu verlieren, wenn ich nicht an sie glaubte. Aber wenn ich auf sie setze, verliere ich nichts, wenn sie nie eintritt, gewinne alles, wenn sie kommt... Das ist kein ungeheuerlicher Gedanke, wie Sie sagen: über der utilitaristischen Auslegung darf man nicht vergessen, daß es dabei für Pascal wie früher für Augustinus immer um das Problem des freien Willens geht, um die Freiheit für mich... Sie haben dieses Problem nicht? Wetten Sie nicht? Wollen Sie nicht wetten?»

«Ich verabscheue Wetten. Ich will nicht Gefahr laufen, zu gewinnen. Und ich habe eine Schwäche für die Niederlagen, für die Besiegten. Ich kann Ihnen auch sagen, daß ich im Begriff bin, eine gewisse Liebe zur Revolution bei mir zu entdecken: eben weil sie nunmehr besiegt ist.»

«Ich würde sagen, ohne die entfernteste Absicht, Sie zu kränken, daß Ihr Gesichtsausdruck berufsbedingt ist: weil es Ihre Aufgabe ist, die bestehende Gesellschaft zu verteidigen, glauben Sie schließlich, daß die Einrichtungen des bürgerlichen Staates praktisch unzerstörbar sind. Aber sehen Sie nicht, was in diesem Land vorgeht? Nichts ist so fein gesponnen, als daß es nicht doch ans Licht käme.»

«Wenn es genügend Licht gibt», sagte Rogas melancholisch.

«Ja, wenn es genügend Licht gibt.» Er blickte Rogas zerstreut an. Dann, scherzend: «Ist es nicht so, daß von Revolution zu sprechen ein Verbrechen ist?»

«Vom professionellen Gesichtspunkt aus versichere ich Ihnen diesmal, daß es um so besser ist, je mehr man davon spricht.»

«O Galano!», rief er in komisch-flehendem Ton aus. Und auf einmal erinnerte er sich an den Grund, aus welchem Rogas da war.

«Aber Sie sind ja gekommen, um mit ihm zu sprechen! Entschuldigen Sie, ich werde ihn sofort rufen lassen.»

Er ging zum Schreibtisch, nahm eine silberne Glocke, läutete, bis das Mädchen kam. «Sagen Sie Herrn Galano und natürlich auch der gnädigen Frau, daß ein Polizeiinspektor da ist, der ihn sprechen möchte.»

Kaum war das Mädchen verschwunden, nahm Nocio hastig die Blätter, die er Rogas hatte lesen lassen, verschloß sie in eine Schublade des Schreibtisches, steckte den Schlüssel in die Tasche.

«Werden Sie sie vernichten?», fragte Rogas.

«Warum?», überrascht, gereizt.

«Wenn Sie sie liegen lassen, könnten Sie die Wette verlieren... Aber ich frage mich: Und wenn Sie die Wette mit diesen Blättern gewinnen könnten?»

«Um Gottes willen!», sagte Nocio. Rogas wußte nicht recht, ob sich das auf die Verse bezog oder ob er ihn damit beschwor, nicht mehr davon zu reden: denn Galano war in das Zimmer getreten. Er blieb vor Nocio stehen, und Besorgnis, Erschrecken heuchelnd fragte er: «Ein Polizeiinspektor? Für mich?» Nocio wies auf Rogas, der sich erhoben hatte.

«Werden Sie mich verhaften?», fragte Galano. Er wandte sich zu Nocio: «Glaubst du, daß er gekommen ist, um mich zu verhaften?»

«Ich weiß es nicht», sagte Nocio barsch.

«Aber es würde dich freuen», sagte Galano und drohte ihm mit dem Finger, als hätte er ihn auf frischer Tat ertappt.

«Was würde ihn freuen?», fragte Frau Nocio von der Türe her in einem Ton wie «das laß nur meine Sache sein». Rogas machte ihr eine halbe Verbeugung, dachte: Tallemant des Réaux würde sagen, daß wenige Frauen weniger schön sind als sie.

«Daß sie mich verhaften», sagte Galano.

«Oh», sagte die Dame und betrachtete ihren Mann voller Abscheu. Da er einen Streit kommen sah, sagte Rogas: «Ich muß Sie enttäuschen: ich bin nicht gekommen, um Sie zu verhaften.»

«Sie enttäuschen mich wirklich», sagte Galano geziert.

«Und Sie enttäuschen ihn.» Auf Nocio deutend.

«Ich bin gekommen», sagte Rogas, «um Sie zu informieren, daß Sie als Chefredakteur der Zeitschrift ‹Rivoluzione Permanente› und vermutlich Verfasser eines nicht unterzeichneten Artikels über die Justizbehörden angezeigt worden sind, wegen Beleidigung und Aufhetzung zum Angriff gegen die öffentliche Sicherheit.»

«Die alte Geschichte», sagte Galano.

«Ja, die alte Geschichte. Aber die Umstände haben sich inzwischen geändert, verstehen Sie?»

«Nein, ich verstehe nicht. Und ich will Sie auch nicht verstehen. Denn wenn man aus mir das Sühneopfer für diese Kette von Richtermorden machen will, so bedeutet das, daß sich die Justizbehörden noch mehr zuschulden kommen lassen, als wir in unseren Berichten behauptet haben: und daher Grund, sie noch heftiger anzugreifen.»

«Den Artikel haben also Sie geschrieben?»

«Ich leugne nicht und bestätige nicht. Ihr habt mich angezeigt: und wir werden uns bei Gericht sehen. Aber ich versichere Ihnen: ich bin es nicht, der die Richter umbringt.»

«Davon bin ich überzeugt.»

«Persönlich, oder ist es die Polizei, die davon überzeugt ist?»

«Persönlich.»

«Und warum?» Es klang enttäuscht.

«Vielleicht aus Eigenliebe.»

«Ach ja, ich entsinne mich: Sie verfolgen eine andere Spur... Die Polizei hingegen hat mich im Verdacht.»

«Das habe ich nicht gesagt. Die Polizei hat Ihren Artikel im Verdacht: das heißt die Wirkung, die Ihr Artikel auf einen Leser gehabt hat, der nicht mehr klar denken kann; oder auf eine Gruppe von Lesern, auf eine extreme Zelle ihrer Anhänger.»

«Leider bringen meine Artikel keine solchen Wirkungen hervor. Sonst würde er», er deutete auf Nocio – sich schon längst im Pantheon befinden, vereint mit den großen Toten der Nation.»

Nocios Kinn zitterte wie das eines Kindes, das gleich anfangen wird zu weinen. Aber vielleicht war es Zorn.

«Du bist eine Kanaille», sagte er. Und er versuchte die Beleidigung zu versüßen, indem er dazu lächelte wie zu einem Scherz.

«Und warum? Weil ich behaupte, daß du ein bürgerlicher Schriftsteller bist, daß dich mehr Schuld trifft als den Polizeiminister oder den Präsidenten des Obersten Gerichtshofes oder den finstersten amerikanischen Kapitalisten?»

«Ein bürgerlicher Schriftsteller, ich?» Zu Rogas gewendet: «Haben Sie das gehört? Ich ein bürgerlicher Schriftsteller! Sagen Sie ihm, ob die Polizei mich für einen bürgerlichen Schriftsteller hält.»

«Vilfredo, mach dich nicht lächerlich», mischte sich seine Frau ein. «Dir fehlt wirklich eine Bescheinigung von der Polizei: ‹Vilfredo Nocio ist kein bürgerlicher Schriftsteller›. Unterschrieben von Tamborra.» Tamborra war der Polizeichef, dem man eine tiefsitzende Abneigung gegen alle Intellektuellen nachsagte.

«Halt den Schnabel», sagte Nocio.

«Da haben wir schon den Beweis, wie reaktionär du bist: ‹Halt den Schnabel›. Weil ich eine Frau bin, weil ich deine Frau bin...»

«Weil du keinen Mund hast, sondern einen Schnabel wie ein Papagei, wie eine Elster», sagte Nocio wütend.

«Es hilft dir alles nichts: du bist ein bürgerlicher Schriftsteller, bist ein Bürger, lebst wie ein Bürger, ißt, schläfst und amüsierst dich wie ein Bürger», sagte Galano.

«Ich bin kein Bürger», schrie Nocio. Er war am Rande einer Krise.

«Verzeihen Sie», sagte Rogas zu Galano: und seine Frage war auch ein mitleidiger Versuch, Nocio zu helfen «Sie sagen ‹du lebst wie ein Bürger, du ißt, schläfst und amüsierst dich wie ein Bürger›. Was wollen Sie damit sagen?»

«Verstehen Sie nicht?»

«Nein, ich verstehe nicht.»

«Aber dies alles», sagte Galano: und er hob die Arme, um das Arbeitszimmer, das Haus, den Garten, das Leben, das Nocio zwischen den Dingen führte, in der Vorstellung zu umgreifen und zu umschreiben.

«Du lebst auch hier. Und dein eigenes Haus ist nicht viel anders», sagte Nocio.

«Aber ich lebe in anderer Weise darin, darauf kommt es an», sagte Galano triumphierend.

«Du ißt wie ich, bezahlte Proletarier bedienen dich, wie sie mich bedienen, du schläfst in einem Bett mit Vorhängen wie das meine... Zu Hause schläfst du sogar in einem Bett, das man dir mit der Behauptung angedreht hat, es habe der Marquise von Pompadour gehört...»

«Man hat es mir nicht angedreht», entrüstete sich Galano «es ist echt. Aber dein Lesepult ist vor ein paar Jahren in Evian hergestellt worden: es kommt nicht aus der Villa D'Annunzios in Arachon.» Er wandte sich an Rogas: «sehr bezeichnend, finden Sie nicht? Er hat das Lesepult gekauft, weil man ihm weisgemacht hat, daß D'Annunzio auf ihm Petrarca gelesen habe.»

«Gut, mein Lesepult ist falsch, dein Bett echt. Der Punkt ist, daß du es gekauft hast und darin schläfst... Kurzum: du lebst wie ich; gibst Geld aus wie ich; hast die gleichen Freunde und Bekannten wie ich; du reist zwischen St. Moritz, Taormina, Monte Carlo hin und her, du spielst und kaufst dir die Liebe, wie ich es nicht tue, nie getan habe: aber ich bin ein Bürger, du nicht.»

«Ob man ein Bürger ist oder nicht, entscheidet sich

hier», sagte Galano und tippte sich mit dem Zeigefinger gegen die Stirn.

«Sehr bequem», sagte Rogas. Er erhob sich, um zu gehen.

«Das verstehen Sie nicht», sagte Galano verächtlich.

Der Chef der politischen Abteilung war enttäuscht und müde.

«Sie waren kaum weg», erzählte er Rogas, «als sich Galano ans Telefon gehängt hat. Er hat der Reihe nach den Generaldirektor der Westbank, den Präsidenten der Pharmazeutischen Gesellschaft Schiele, den Chefredakteur der Regierungszeitung ‹Ordnung und Freiheit› und den der oppositionellen Wochenzeitung ‹Roter Abend› angerufen, den berühmten Couturier Gradivo, die Schauspielerin Marion Delavigne, den Grafen von Santo Spirito, die Exkönigin von Moldavia ... (eine Art ‹Lustige Witwe›, nicht wahr?). Allen diesen Leuten hat er vergnügt mitgeteilt, daß er den Besuch eines Polizeiinspektors gehabt hätte und daß es schiene, als ob die Polizei ihn als Urheber der Richtermorde im Verdacht hätte. Diese Leute haben sich köstlich amüsiert. Glauben Sie, solche Leute könnten an einem revolutionären Komplott beteiligt sein und obendrein Handlungen billigen wie die Ermordung von Richtern?»

«Und Sie?» Er dachte: es fehlt nicht viel, und er schiebt mir den idiotischen Einfall, Galano aufzusuchen, in die Schuhe.

«Ich würde nicht einmal im Traum daran denken ... Auf jeden Fall haben wir aus den Telefongesprächen Galanos einen winzigen Hinweis gezogen, der nützlich sein kann. Als er mit der Schauspielerin sprach, hat er gesagt, wenn überhaupt, müsse die Polizei die Gruppe Zeta unter die Lupe nehmen, die Neoanarchisten, die bei einem Expriester, Vertreter eines christlich-evangelischen Anarchismus, zusammenkommen und von Narco finanziert werden, der praktisch der Besitzer der großen Warenhauskette OC ist (was, wie Sie wissen, Onesto Consumo heißen will). Ich muß sagen, es kommt mir ein bißchen unwahrscheinlich vor, daß die Neoanarchisten auf Richter Jagd machen: ich werde das Evangelium lesen müssen und dann alle Blätter, die von der Gruppe Zeta veröffentlicht werden.»

«Was das Evangelium angeht, kann ich Ihnen sagen, daß Sie darin zahllose Stellen finden werden, die sich gegen das Richten, die Richter wenden. Gewiß, es ist nicht im Sinne des Evangeliums, zu Tätlichkeiten überzugehen, wie wir sagen würden. Aber man weiß nie, was Priester und Expriester in das Evangelium hineinlesen. Es heißt dort auch: ‹Ich bin nicht gekommen, um den Frieden zu bringen, sondern das Schwert›.»

«Wer sagt das?»

«Christus hat es gesagt.»

«Ja, es ist vom Schwert die Rede. Aber ich hätte nie gedacht, daß Christus...»

«Es kann eine Metapher sein. Das Schwert, meine ich.»

«Aber die Kaliber 38, um die es in unserem Fall geht, ist keine... Da sehen Sie, warum ich dem Hinweis mißtraue, den uns Galano in so liebenswürdiger Weise gegeben hat.»

«Ich auch.»

«Aber wir haben ihn: und wir können nicht umhin, uns damit zu befassen ... Ich meine, Sie sollten sich damit befassen ... Galano hat übrigens auch zu der Schauspielerin gesagt: ‹Heute abend werden alle bei Narco sein, wenn das die Polizei wüßte ...›.»

«Wahrscheinlich vermutet Galano, daß sein Telefon abgehört wird: er wollte sich einen Spaß mit uns machen.»

«Glauben Sie? Aber Spaß oder nicht, Sie sollten heute abend zu Narco gehen. Das Haus wird natürlich überwacht: aber diskret, von Beamten in Zivil, die einzeln hinkommen werden.»

«Warum kommen Sie nicht auch?»

«Ich kann nicht, ich bin zum Minister bestellt.»

«Dann sagen Sie mir, was ich tun soll, was ich sagen soll.»

«Sagen Sie, daß Sie mit dem Expriester sprechen wollen ... Wie zum Kuckuck heißt er eigentlich? ... Oder besser, daß Sie einen suchen, der sich angeblich im Hause Narco aufhält: erfinden Sie irgendeinen Namen ... Der Trick, irgendeinen zu suchen, den es nicht gibt, ist immer gut: und er rechtfertigt es, bei allen Anwesenden eine Ausweiskontrolle vorzunehmen ... Kurzum, ich verlasse mich auf Ihren Scharfsinn, auf Ihre Diskretion.»

Während Rogas in Begleitung eines Polizisten den Barockpalast betrat, den ein Kardinal hatte erbauen lassen und den Narco jetzt bewohnte, wurde in Tera der Gerichtspräsident ermordet. Aber der Inspektor dachte in diesem Augenblick nicht an die Verbrechen, auch nicht an Cres, der aller Wahrscheinlichkeit nach ihr Urheber war: er machte sich Sorgen darüber, daß er auf dem besten Wege war, sich lächerlich zu machen und daß sein Kollege von der politischen Abteilung ihm den Rücken kehren würde, sowie er, Rogas, den Tiefpunkt erreicht hätte, wo er nicht nur versagt, sondern sich zudem lächerlich gemacht haben würde. Er gab dem Portier Namen und Dienstgrad an. Dieser drückte eine Taste und brüllte «Polizeiinspektor Rogas» in ein unsichtbares Mikrophon. Man hörte eine befehlende Stimme: «Lassen Sie ihn heraufkommen: Dienstbotentreppe.» Geringschätzig zeigte der Portier Rogas die Treppe.

Die Tür war offen, und der Majordomus stand da, wie um ihm den Eintritt zu verwehren. «Sie wünschen?»

«Ich möchte Herrn Narco sprechen.»

«Ich weiß nicht, ob er Sie empfangen kann.»

«Dann fragen Sie ihn.»

Er kam zurück mit einer Miene, in welcher sich die Arroganz in Belustigung auflöste. Rogas entnahm daraus nichts Gutes: die Gesichter der Diener kündigten stets zum voraus die Stimmung ihrer Herrschaft an. Ein langer Gang, ein entzückend eingerichteter Salon, ein Saal mit vielen Bildern: Watteau, Fragonard, Boucher. Wenn sie wenigstens falsch wären, hoffte Rogas. Noch eine Tür: und sie befanden sich in einem großen Saal voller Leute. Sofort wußte Rogas, daß ihn sein Kollege von der politischen Abteilung belogen hatte: er war nicht zum Minister gerufen worden, wenn ausgerechnet der Minister mit einem Herrn auf ihn zukam, der Narco sein mußte.

«Was wollen Sie?» fragte der Minister barsch.

Rogas entschied sich, ihn nicht zu kennen. «Mit Herrn Narco sprechen», sagte er ruhig.

«Das bin ich», sagte der andere. Der Minister machte eine Gebärde, die besagte: schweig, es ist meine Sache, mit diesen Tölpeln fertig zu werden. Er wandte sich an Rogas.

«Wer sind Sie?»

«Ich bin Inspektor Rogas. Und Sie?»

«Er fragt mich, wer ich bin», sagte der Minister zu Narco und lächelte halb ironisch, halb verächtlich.

«Tatsächlich, er fragt dich, wer du bist», gab Narco zurück. Doppelt befriedigt, weil der Minister in seiner Eitelkeit verletzt worden war und weil er die unangenehme Situation genoß, in der sich der Inspektor bald befinden würde.

«Sie erkennen mich wirklich nicht?»

«Ich schon», sagte der Polizist, stolz wie ein Schüler, der auf die Frage antwortet, die sein Banknachbar nicht beantworten konnte. Rogas war ein guter Schauspieler: er schaute ihn überrascht und mißbilligend an. Beinahe flüsternd sagte der Polizist zu ihm: «Es ist unser Minister.»

Dieses «unser» besänftigte den Minister. Er blickte Rogas mit der Miene dessen an, der bereit ist zu verzeihen, aber erwartet, daß man ihn darum bittet. Rogas sagte: «Ich bitte Sie um Entschuldigung, Exzellenz, aber ich glaubte nicht...»

«Was glaubten Sie nicht? Mich hier zu finden, im Hause meines Freundes Narco?»

«Ich wollte sagen: ich glaubte nicht, einen Abend unter Freunden zu stören.»

«Sie haben ihn gestört. Also?»

«Wir sind gekommen, um Herrn Narco um eine Auskunft zu bitten: er, der einen gewissen Zervo kennt.»

«Warum sollte ich ihn kennen?», fragte Narco.

«Weil man uns gesagt hat, daß er der Bewegung der christlichen Neoanarchisten angehört; oder häufig dort verkehrt, ohne ihr anzugehören.»

«Ich habe diesen Namen nie gehört», sagte Narco.

«Vielleicht kennt ihn einer von unseren Freunden ... Kommen Sie.»

Alle vier bewegten sich auf den Kreis der Gäste zu, die in dem Augenblick, als Rogas und der Polizist hereingekommen waren, enger zusammengerückt waren, um miteinander zu tuscheln und verstohlen zu lachen. Als er sich dem Kreis näherte, entdeckte Rogas, elegant in einen großen Lehnsessel geschmiegt, Galano. Das war zu erwarten gewesen.

«Lieber Inspektor», begrüßte ihn Galano munter. Und zum Minister gewendet: «Ich muß dir sagen, mein teuerster Evaristo, daß du ein großer Lügner bist: du hast immer in Abrede gestellt, daß die Polizei unsere Telefone abhört; aber sie hört sie ab, und wie! Die Anwesenheit des Inspektors ist der sicherste Beweis.»

Evaristo erbleichte: «Ist das wahr?», fragte er Rogas.

Rogas sagte: «Mir ist davon nichts bekannt.»

«Wunderbar!», sagte Galano. «Er fragt, ob es wahr ist, und der andere antwortet, daß es nicht wahr ist ...»

Er erhob sich, um dem Minister gegenüberzutreten.

«Hältst du mich für einen Schwachkopf? Sag es nur, geniere dich nicht: ‹Du bist ein Schwachkopf, und ich erwarte, daß du glaubst, was ich sage, was der Inspektor sagt›.»

«Ich gebe dir mein Wort, daß ich nichts von der Telefonüberwachung weiß ... Ich kann nicht ausschließen, daß sie zuweilen vorgenommen wird, aber stets auf gerichtliche Anordnung und wenn es um ernstlich verdächtige Personen geht ... Aber aus rein politischen Gründen: nein, das schließe ich entschieden aus.»

«Nun, dann muß ich verdächtig sein: denn mein Telefon wird bestimmt abgehört ... Nicht mein Telefon, um genau zu sein: das von Vilfredo Nocio.» Ein entrüstetes Erstaunen wurde aus dem Kreis der Umstehenden laut.» «Wie dem auch sei», fuhr Galano fort, «ich will dir einen Rat geben: anstatt hier mit deinem Inspektor eine Komödie aufzuführen, rufe ihn zu dir ins Ministerium und laß dir erzählen, wieso und warum er heute abend hierher gekommen ist.»

«Kommen Sie morgen um zehn Uhr zu mir», sagte der Minister zu Rogas.

«Natürlich», sagte Galano, «werde ich nicht erfahren, was ihr euch morgen sagen werdet. Aber mir genügt, was ich weiß. Und es gefällt mir nicht: aber in der nächsten Nummer von ‹Rivoluzione Permanente› wirst du sehen ...»

«Laß uns die Sache vergessen», sagte Narco.

«Nein, nein, das kann ich ihm nicht durchgehen lassen.»

«Trinken wir», sagte Narco. Und er winkte dem Diener. «Etwas zu trinken für den Inspektor. Scotch, Armagnac, Champagner?»

«Danke, nein.»

«Trinken Sie», sagte der Minister, «Sie sind nicht im Dienst: der Dienst, wegen dem Sie hierhergekommen sind, ist zu Ende.»

Am nächsten Morgen um zehn Uhr traf Rogas im Vorzimmer des Ministers auch den Chef der politischen Abteilung an. Er war ebenfalls bestellt worden und hatte erst eine knappe halbe Stunde zuvor davon erfahren: er war außer Atem, aufgeregt, erschreckt; und Rogas' Ruhe steigerte seine Befürchtungen nur noch, war er doch sicher, daß sie nur aus dem Entschluß herrühren konnte, die ganze Verantwortung für diese unglückselige Visite im Hause Narco auf ihn abzuwälzen. Es wäre nur richtig gewesen, wenn er die Verantwortung dem Minister gegenüber auf sich genommen hätte; statt dessen überlegte er fieberhaft, wie er Rogas die unzulängliche Ausführung des Planes in die Schuhe schieben könnte, wenn nicht überhaupt die Idee.

Aber die Stimmung des Ministers, so gutmütig, daß sie an Kameraderie grenzte, zerstreute die Ängste des Chefs der politischen Abteilung im selben Maße, wie sie Rogas besorgt machte.

Nach einem herzlichen und energischen Händedruck wollte der Minister die Vertraulichkeit der Begegnung noch dadurch unterstreichen, daß er seinen Platz von dem kalten, glänzenden Schreibtisch, voll von Telefonaten und Tastaturen, in eine Ecke des großen Zimmers verlegte, der bequeme Sessel, ein Tischchen und eine kleine Bar einen häuslichen und intimen Charakter gaben. Um das Gespräch einzuleiten und noch mehr um sich von einem Stachel zu befreien, der ihn quälte, fragte er Rogas mit Lächeln: «Sagen Sie: haben Sie mich gestern abend tatsächlich nicht erkannt?»

«Ich habe Sie sofort erkannt, Exzellenz, aber ich wollte Zeit gewinnen, mir über die Situation klarwerden...»

«Bravo», sagte der Minister. Und zum Chef der politischen Abteilung gewandt: «Überflüssig zu sagen, daß das gestern abend ein Fehlgriff von Ihrer Seite gewesen ist, aber...»

«Exzellenz, ich...»

«Aber ich pflege nie über zerschlagenes Porzellan zu jammern. Außerdem zeitigen derartige Fehlgriffe zuweilen Wirkungen, die zwar von denen verschieden sind, die man erreichen wollte, aber trotzdem ganz nützlich sind. Der gestrige Abend hat zunächst zu einem Triumph für Galano geführt, dem es gelungen ist, die Polizei hinters Licht zu führen und den Beweis für die Telefonüberwachung zu bekommen... Und mich in Verlegenheit zu bringen, natürlich... Aber dann, nachdem ich gegangen war, sind, wie ich erfahren habe, über das Vorgehen der Polizei und über den Zufall, daß ich mich gerade an jenem Abend im Hause Narco befand, das ich seit über vierzehn Tagen nicht mehr betreten hatte, ganz andere Vermutungen angestellt worden. Es hieß, man dürfe weder die Polizei noch mich unterschätzen und daß irgendein Winkelzug dahinterstecken müsse, auf den Galano, der uns anzuführen glaubte, hereingefallen war. Verflucht feinfühlige Leute, und mit Phantasie: sie haben sich den Kopf zerbrochen, Pläne zu erraten, die wir überhaupt nicht ausdenken könnten; dabei ist ihnen ihre spöttische Keckheit gründlich vergangen, und zum Schluß ist ihnen nur rabenschwarze Furcht geblieben. Galano ist in der Nacht aus dem Hause Nocio in das Haus Schiele umgezogen: er fürchtete, verhaftet zu werden. Und noch viele andere Übersiedlungen hat es gegeben: von einem Gastgeber zum anderen, vom eigenen Haus in das Haus eines Freundes.»

«Verrückt», sagte Rogas.

«Verrückt, ja», sagte der Minister. «Aber ich, lieber Inspektor, setze eben auf diese verrückten Reaktionen. Ich stehe mittendrin und lasse Protektion mit Drohung abwechseln. Je mehr sie an die Drohung glauben, um so höher schraube ich den Preis der Protektion hinauf. Denn Gruppen wie die von Galano und Narco, und insbesondere die von Narco, von revolutionären Katholiken also, kommen mir gelegen. Sie kommen mir beinahe so gelegen wie die Warenhauskette des ‹Onesto Consumo›, die, wie Sie wissen, Narco gehört. Grob gesagt: ich konsumiere (es ist das richtige Wort in diesem Fall) das Ei von heute und die Henne von morgen, wenn ich mit ihnen zusammen bin. Das Ei der Macht und die Henne der Revolution ... Ihr wißt, wie die politische Situation ist. Man kann es in einem Witz zusammenfassen: meine Partei, die dieses Land seit dreißig Jahren schlecht regiert, hat plötzlich erkannt, daß sie es gemeinsam mit der Internationalen Revolutionspartei besser schlecht regieren kann; und vor allem dann, wenn auf meinen Sessel Herr Amar zu sitzen käme. Die Vision, daß Herr Amar von jenem Sessel aus auf streikende Arbeiter schießen läßt, auf Bauern, die Brunnen fordern, auf protestierende Studenten, wie dies mein seliger Vorgänger getan hat, und sogar noch besser: diese Vision, ich muß es gestehen, ist auch für mich verlockend. Aber noch ist das nur ein Traum. Herr Amar ist kein Dummkopf: er weiß genau, daß es besser ist, wenn ich auf diesem Sessel sitze; und zwar für alle besser, auch für Herrn Amar.»

«Unter der Leitung Eurer Exzellenz ist dieses Ministerium...», begann der Chef der politischen Abteilung salbungsvoll.

«Ein Hirngespinst, ich weiß. Und ich weiß, daß ihr lieber von Herrn Amar Befehle empfangen würdet: aber ihr müßt Geduld haben...»

«Exzellenz!», protestierte der Chef der politischen Abteilung.

«Doch, ich weiß es, und es kränkt mich nicht. Auch ich würde, wie gesagt, meinen Platz gerne Herrn Amar überlassen. Aber dieses Land ist noch nicht soweit, daß es die Partei von Herrn Amar ebenso verachtet wie die meine. In unserem System ist das Charisma der Macht die Verachtung. Die Männer um Amar sind im Begriff, alles zu tun, um sie zu erlangen: und sie werden sie bekommen. Und wenn sie die Macht haben, werden sie wissen, was sie tun müssen, um sie zu legitimieren. Denn unser System gestattet es, mit der Verachtung an die Macht zu kommen; aber es ist die Ungerechtigkeit, das ständige Begehen von Ungerechtigkeiten, die sie legitimiert. Wir, von meiner Partei, die wir einander auf den Ministersesseln ablösen, sind nicht übertrieben ungerecht: das mag Veranlagung sein oder am Zufall liegen, vielleicht verstehen wir einfach nicht, ungerechter zu sein; wir sind es sogar immer weniger. Und ihr sehnt euch nach Ungerechtigkeit. Nicht nur ihr von der Polizei.»

Der Chef der politischen Abteilung schaute den Minister mit den Augen eines Hasen an, der vom Licht des Leuchtturms erfaßt ist. Der Minister sah ihn spöttisch an. Und Rogas ebenfalls. Er dachte: er ist doch kein Schwachkopf, unser Minister, selbst wenn er Dinge sagte die er von anderen gehört hat.

«Zu Ihrer Beruhigung», sagte der Minister zu dem Chef der politischen Abteilung «und um Ihnen bewußt zu machen, welche Verdienste Sie sich erwerben, auf die Sie sich auch in Zukunft berufen können, will ich Ihnen sagen, daß das, was Sie jetzt in meinem Auftrag tun, ganz den Wünschen von Herrn Amar entspricht.»

«Was tue ich, Exzellenz?»

«Wissen Sie es nicht?», fragte der Minister spöttisch. «Nun, machen Sie so weiter, macht so weiter ... Revolutionäre Gruppen belästigen: soweit ihr es eben wagen könnt. Durchsuchungen, Verhöre, Verhaftungen: natürlich immer mit Zustimmung der Richter ... gestern abend ist übrigens wieder einer umgebracht worden: sie werden euch daher nichts abschlagen.»

«Exzellenz, mir scheint, daß wir die richtige Spur verlassen haben, um einer falschen zu folgen. Ich meine wegen der Richtermorde.»

Der Minister blickte Rogas mit Nachsicht und Mißtrauen an. Er sagte: «Vielleicht. Aber verfolgt sie weiter.»

«Was sagen Sie dazu?», fragte der Chef der politischen Abteilung Rogas, als sie aus dem Ministerium herauskamen.

«Ich habe keine Meinung. Sonst hätte ich mir einen anderen Beruf gesucht. Ich habe nur Grundsätze. Und Sie?»

«Ich habe weder Meinungen noch Grundsätze. Aber die Rede des Ministers ...»

«Ich habe gemerkt: sie hat Sie verwirrt.»

«Nein, sie hat mich nicht verwirrt. Dazu gehört mehr.»

«Der Schuß. Ob ihn nun mein Mann abgibt oder ob es Ihre Gruppen sind.»

«Sie glauben, daß sie sich an den Präsidenten des Obersten Gerichtshofes heranwagen werden?»

«Warum nicht?»

«Mein Gott!»

«Man muß ihn wohl warnen.»

«Gewiß: aber behutsam, mit Takt.»

«Wollen Sie hingehen?» Es war die richtige Frage, damit sich der Chef der politischen Abteilung in seiner Autorität bestätigt fühlte und zugleich vor der Verantwortung zurückschreckte.

«Aber nein, gehen Sie hin. Ich habe anderes zu tun.» Er hatte also nichts zu tun.

«Gut, ich werde heute nachmittag hingehen.»

«Also dann?»

«Nichts. Ich frage mich nur, warum hat er diese Dinge gerade zu mir gesagt, zu uns?»

«Allerdings: zu uns.»

«Es muß doch ein Grund dahinterstecken.»

«Ich bin sicher, daß Sie ihn herausfinden werden», sagte Rogas, und verbarg die Ironie hinter Schmeichelei.

«Ganz bestimmt.» Er biß auf die Schmeichelei an.

«Und was machen wir inzwischen?»

«Ja, was machen wir?»

«Wenn Sie erlauben, werde ich dem Präsidenten des Obersten Gerichtshofes einen Besuch machen. Früher oder später wird es ihn treffen.»

«Was?»

Der Präsident des Obersten Gerichtshofes bewohnte das Obergeschoß einer großen Villa, die in einem riesigen Park lag, der einst zu der unmittelbar vor den Stadtmauern gelegenen Sommerresidenz der Herzöge von San Concordio gehört hatte. Die Vereinigung zum Schutz der Grünzonen hatte anfangs vehement dagegen protestiert, daß der Park in ein vornehmes Wohngebiet umgewandelt werden sollte; aber inzwischen waren zwei oder drei Mitglieder aus dem Vorstand der Vereinigung in das neugeschaffene Wohngebiet gezogen und wohnten dort ebenso wie einige Minister, ungefähr zehn Abgeordnete (verschiedenen politischen Glaubens), der Präsident des Obersten Gerichtshofes und der Generalstaatsanwalt.

Die ganze Wohnzone war umzäunt, und man betrat sie durch wohlbewachte Gartentore. Rogas ging hindurch, zeigte dem Pförtner seinen Ausweis und erhielt seinen Passierschein von dem Polizeibeamten, der sich neben der Loge aus Glas und Beton aufhielt, in welcher der Pförtner wie in einem Käfig saß. Man zeigte ihm die schmale Allee, die zur Villa führte, in der Präsident Riches wohnte. Der Weg wand sich zwischen hohen Bäumen dahin, mündete unvermittelt in einen freien Platz, wo sich die Villa in reizloser, geradezu unglücklicher Geometrie erhob. Auf dem Platz standen fünf große Automobile, die Rogas sogleich (Größe, Farbe, Nummernschild mit Kennzeichen SS – Servizio Statale – denn von Automarken und Typen verstand er nichts) als Regierungswagen erkannte. Die fünf Fahrer standen in einer Gruppe beisammen. Einer war in Uniform: Unteroffizier der Luftwaffe. Als er näher kam, erkannte Rogas unter den Fünfen den

Fahrer des Polizeichefs: in Zivil, aber er grüßte Rogas militärisch.

In einem anderen Käfig, diesmal ganz aus Glas, in der Mitte der Vorhofes, saß ein weiterer Portier. Wieder zeigte Rogas seinen Ausweis, sagte, daß er Präsident Riches zu sprechen wünschte: ob Seine Exzellenz ihn empfangen könnte. Der Pförtner schloß den Schalter seines Käfigs und sprach in das Haustelefon. Er öffnete den Schalter wieder und sagte ihm, der Präsident könne im Augenblick niemand empfangen, im übrigen müßten sich alle Besucher vorher anmelden. «Darf ich hoffen», fragte Rogas mit einer gewissen Ironie, «daß der Präsident mich morgen zu dieser Stunde empfangen wird?»

«Hoffen Sie», sagte der Portier scharf.

Und er notierte auf ein Blatt «Präsident Riches, Polizeiinspektor morgen 17 Uhr.» «Danke», sagte Rogas; und unwillkürlich, aus gewohnheitsmäßiger Neugier, setzte er eine Frage hinzu: «Sind diese Herren», er deutete auf die Automobile, die draußen standen «beim «Präsidenten?»

Der Portier blickte ihn gereizt und mißtrauisch an.

«Warum wollen Sie das wissen?» Damit schloß er den Schalter seines Käfigs: er erwartete keine Antwort und wollte sie auch nicht. Seine Frage war lediglich eine Zurechtweisung: ein kleiner Polizeiinspektor hatte keine Fragen über Personen zu stellen, die viel mächtiger waren als er und deren Macht gleichsam auf den Portier ausstrahlte.

Ja, warum? fragte sich Rogas. Und die Frage galt nicht seiner Neugier, sondern jener Versammlung.

Er ging wieder an dem Grüppchen der Chauffeure

vorüber, und wieder wurde er vom Chauffeur des Chefs gegrüßt. Ja, warum? Der Polizeichef, ein hoher Offizier der Luftwaffe... Und die anderen drei? Daß der Polizeichef mit dem Präsidenten des Obersten Gerichtshofes etwas zu besprechen hatte, war nicht zu verwundern, normal sogar: die Regel... Allerdings im Amt, zu Hause etwas weniger. Aber ein Offizier der Luftwaffe? Außer er wäre Militärrichter. Und die anderen drei?

Er ging zum Gartentor hinaus und stand auf einer Einbahnstraße. Er ging etwa hundert Schritte bis zur Endhaltestelle des Autobusses.

Von der Endhaltestelle ging jede Stunde ein Autobus: die Leute, die hier wohnten, brauchten ihn nicht. Noch war er nicht da. Rogas zog die Zeitung heraus, öffnete sie bei der Literaturbeilage. Es war die Rede von der Übersetzung eines Romans von Moravia, von Erzählungen von Solschenizyn, von Essays von Lévi-Strauss, Sartre, Lukacs. Man tat nichts als übersetzen. Er versuchte zu lesen: aber bei jedem Auto, das vorbeifuhr, hob er die Augen von der Zeitung. Ohne sich darüber klarzusein, hatte er beschlossen, zu warten, bis die fünf Regierungswagen vorbeifuhren. Er wollte wissen, wer darin saß: vielleicht waren es die Ehefrauen jener Mächtigen, denn die Regierungswagen dienten häufiger ihnen als ihren Männern. Wahrscheinlich verhielt es sich so. Eine Versammlung von hochgestellten Damen wäre logischer gewesen, selbstverständlicher als eine Versammlung ihrer Ehemänner. Aber Präsident Riches war Junggeselle und Frauenfeind: er würde bestimmt keine Damen empfangen.

Der Autobus kam nach ein paar Stunden, mit jener

Verspätung also, mit der sich hierzulande die Reisenden abfinden mußten, auch wenn sie das Flugzeug nahmen. Zum Glück diesmal: denn einer, der an der Endhaltestelle stehenblieb und den Autobus abfahren ließ, wäre aufgefallen. So sah Rogas in einem Abstand von jeweils etwa fünf Minuten die fünf Automobile vorbeifahren. Fünfmal fünf ist fünfundzwanzig: fünfundzwanzig Minuten Verspätung zwischen dem ersten und dem letzten Wagen. Und warum fahren sie nicht gemeinsam ab, ein Wagen hinter dem anderen? Vorsicht, Besorgnis? Warum, wovor?

Außer seinem Chef erkannte Rogas in einem der Autos den Oberbefehlshaber der Gendarmerie und, nicht mit Sicherheit, derart in die Ecke seines Wagens gedrückt, daß er leer erschien, den Außenminister. Die anderen zwei erkannte er nicht: aber in dem von dem Unteroffizier gefahrenen Auto mußte ein General der Luftwaffe sein, auch wenn er in Zivil war. Idiotisch, typisch General, dachte Rogas, diese Vorsicht, in Zivil zu gehen und sich vom Chauffeur in Uniform begleiten zu lassen.

Als der Autobus kam, ließ Rogas sich völlig erschöpft auf den Sitz fallen. Während er vor sich hingrübelte, hatte er keine Müdigkeit bemerkt. Nun spürte er sie, auch geistig. Aber er war gewohnt, wenn ein Gedanke allzu quälend wurde, ihn entschlossen beiseite zu schieben, gleichsam hinter einem trennenden Vorhang zu lassen. Und als Vorhang genügte ihm für den ganzen Abend die Literaturbeilage der Zeitung.

Am nächsten Tag wurde er dringend zum Polizeichef gerufen. Seine Miene war finster, drohend. Ohne Rogas' Gruß zu erwidern, ihn stehenlassend, sagte er sogleich – Sie sind gestern zum Präsidenten des Obersten Gerichtshofes gegangen. Warum?

Rogas erklärte warum. Die Miene des Polizeichefs wurde ironisch. «Mit Ihrer unfehlbaren Witterung», wobei er das «unfehlbar» mit Fehlbarkeit auflud «sind Sie ständig hinter Ihrem Cres her.»

«Nicht ganz», sagte Rogas. «Ich bin hinter einem möglichen Attentat auf das Leben des Präsidenten Riches her: und das kann jeden Augenblick unternommen werden, von Cres oder einer dieser Gruppen.»

«Der Präsident ist gut bewacht», sagte der Chef.

«Ich weiß. Aber wenn Sie nichts dagegen haben, möchte ich trotzdem mit ihm sprechen.»

«Weil Sie sich diesen Cres nicht aus dem Kopf schlagen wollen, darum. Wie auch immer, gehen Sie zum Präsidenten: er erwartet Sie heute nachmittag. Er hat mich gestern abend angerufen: er hat mir gesagt, daß Sie nachmittags dort waren, aber er hat Sie nicht empfangen können; und daß der Portier ihm von gewissen Fragen Ihrerseits berichtet hat...

Er war ziemlich verärgert, müssen Sie wissen.»

«Eine einzige Frage», sagte Rogas. Und er dachte: da haben wir's.

«Gut, eine einzige: aber eine indiskrete.»

«Als ich Ihr Auto sah, dachte ich, Sie wären aus demselben Grund zum Präsidenten gegangen, aus dem ich...»

«Es waren noch andere Regierungswagen da: dachten Sie, wir wären alle aus dem gleichen Grund bei Präsident Riches?»

«Sie interessierten mich nicht, die anderen Autos.»

«Nein?» sagte der Chef mit spöttischem Mißtrauen.

«Nein. Ich habe nach allen gefragt, da ich dem Portier den Grund meiner Neugier nicht zu deutlich zeigen wollte.»

«Wie auch immer, wir waren nicht bei Riches: der italienische Botschafter, der im gleichen Palais wohnt, hatte uns zu einem kleinen Nachmittagsempfang eingeladen. Sie wissen, wie die Italiener sind: sie leben ständig in der Besorgnis, von oben herab angesehen zu werden; sie sind leicht beleidigt ...»

«Ich verstehe», sagte Rogas.

«Gehen Sie also zum Präsidenten. Und ich darf um Diskretion bitten.» Er machte eine verabschiedende Geste und beschäftigte sich wieder mit den Papieren auf seinem Schreibtisch.

Natürlich prüfte Rogas die Geschichte sofort nach. Er schloß sich in eine Telefonzelle ein, suchte und rief die Nummer der italienischen Botschaft an, die Wohnung des Botschafters (und wirklich war sie in der gleichen Villa wie die des Präsidenten). Als er gerade wieder einhängen wollte, antwortete eine gereizte Stimme.

«Entschuldigen Sie», sagte Rogas «aber General Fabert glaubt, daß er gestern abend eine Mappe bei Ihnen vergessen hat.» «Aber wo denn?» «Bei euch, im Hause des Botschafters.» «Hören Sie: der Botschafter ist seit zwei Wochen in Urlaub, das Haus ist geschlossen, ich bin nur zufällig in diesem Augenblick da. Der General Dingsda wird seine Mappe wahrscheinlich in der Botschaft vergessen haben.» «Das glaube ich auch. Danke.» Er hängte befriedigt wieder ein.

Er war Zeit zum Mittagessen geworden, und Rogas

begab sich zum Restaurant für den Donnerstag: er hatte für jeden Tag der Woche eines, also insgesamt sieben. Überall betrachtete man ihn als Stammgast, aber man war seiner doch nicht so sicher, als daß man ihn schlecht behandeln konnte. Wie jeder Polizeibeamte, der auf seinen Ruf hält, also vor sich selber jenen Respekt hat, den er dann von den Lesern ernten will, lebte Rogas allein; es gab auch keine Frauen in seinem Leben (es schien, und unbestimmt schien es auch ihm, daß er einmal eine Frau gehabt hatte).

Er saß am gewohnten Ecktisch, wählte sorgfältig Gericht und Wein aus. Aber er aß unlustig, zerstreut. Innerhalb einer Kette von Verbrechen, die aufzuklären er sich von Berufs wegen verpflichtet fühlte, um den Täter der gerechten Strafe oder doch den Justizbehörden zuzuführen, hatte sich ein anderes erhoben, ein Verbrechen gegen die Grundprinzipien des Staates, das zu klären jedoch nicht sein Beruf, ja gegen seinen Beruf war. Praktisch handelte es sich darum, den Staat gegen jene zu verteidigen, die ihn darstellten und die ihn gefangenhielten. Der gefangengehaltene Staat. Und er mußte befreit werden. Auch er war gefangen: er konnte nichts tun als versuchen, eine winzige Bresche in die Gefängnismauer zu schlagen.

Er dachte an seinen Freund Cusan und daran, ihn aufzusuchen, am Abend, nach der Unterredung mit Präsident Riches.

Als er das Restaurant verließ, kam ihm plötzlich der Gedanke, daß der Polizeichef sich bestimmt sofort, nachdem er ihn verabschiedet hatte, ans Telefon gehängt und angeordnet hatte, Rogas zu beschatten.

Elementar, er hätte vorher daran denken müssen. Er fühlte, daß er beobachtet wurde, der Blick des anderen hemmte jeden seiner Schritte, ließ sie gewissermaßen am Boden festkleben. Er vermied es, vor den Schaufenstern stehenzubleiben, auch wenn er von ihnen angezogen wurde: denn das Stehenbleiben vor Schaufenstern war typisch für einen, der fürchtet oder weiß, daß er beschattet wird. Er ging nach Hause und widerstand tapfer der Versuchung, sich umzuwenden. Er verbrachte eine Stunde damit, sich zu rasieren und ein wenig zu lesen. Als er aus dem Aufzug trat, sah er durch die Glastüre auf dem anderen Gehsteig seinen Beschatter. Nach den Regeln wäre jetzt ein anderer daran gewesen, ihm zu folgen: er würde ihn im Autobus entdecken. Und er entdeckte ihn tatsächlich: ein flüchtiger Blick an der Endhaltestelle, während er ausstieg.

Der Mann folgte ihm bis an das äußere Gartentor. Er ging weiter, natürlich: ohne ihn zu sehen, konnte Rogas seine Schritte zählen, die topographische Karte seiner Bewegungen zeichnen. Er würde etwa fünfzig Meter zurücklegen und wieder umkehren, aber ohne durch das Tor zu gehen; dann würde er sicher auf der Suche nach einem Telefon sein, um seine Ablösung anzufordern; anschließend würde er vor dem Tor warten und sich dabei so gut verstecken, wie er konnte. Ein Hund frißt den anderen, dachte Rogas. Aber es gibt Hund und Hund.

In dem Glaskäfig in der Mitte des Vorhofes sah der Portier wie ein Haifisch aus, der sich gegen die Wand des Aquariums wirft. Er erkannte ihn wieder. Er hob zwei Finger: zweiter Stock.

Im zweiten Stock öffnete sich eine der vier Türen, während Rogas aus dem Aufzug trat. Ein Diener in gestreifter Jacke, sicher ein Polizist (oder Ex-Polizist, seinem Alter nach), führte ihn in ein geräumiges, wohlgeordnetes Büro. Im Hintergrund, in einem Lehnstuhl in der Ecke, hinter einem bläulichen Rauchnebel, saß der Präsident. Er sagte: «Kommen Sie», und als Rogas bei ihm war, auf einen Sessel deutend: « Nehmen Sie Platz.»

Rogas grüßte, setzte sich. Der Präsident sah ihn über die Brillengläser verstohlen an, mit einem stechenden, mißgünstigen Blick. Zweimal zog er an der Zigarre, den Rauch gegen einen Sonnenstreifen blasend, der ihn wie einen Schleier entfaltete. Dann sagte er langsam, verächtlich, unverwundbar und unsterblich gegenüber dem kleinen, verwundbaren und sterblichen Philister, «sie glauben also, daß man mich umbringen wird.»

«Ich glaube, daß sie es versuchen werden.»

«Gewisse Gruppen, oder dieser Mensch, der Ihrer Meinung nach Opfer eines Irrtums gewesen ist? Eines Justizirrtums, wie man zu sagen pflegt.» Er sprach das Wort Justizirrtum aus, daß es klang wie das Messer auf dem Wetzstein des Scherenschleifers.

«Dieser Mensch: Cres.»

«Cres, jawohl... Er hat versucht, seine Frau zu beseitigen: ein eher naiver Plan, würde ich sagen; aber von der Sorte, die leicht gelingen... Was für ein Urteil hat er bekommen?»

«Fünf Jahre in erster Instanz: in der Berufung von Ihnen bestätigt.»

«Nicht von mir», sagte der Präsident und hielt die geöffneten Hände vor die Brust, wie um einen unangenehmen Zusammenstoß abzuwehren.

«Entschuldigen Sie: ich wollte sagen, von dem Gerichtshof unter Ihrem Vorsitz.»

«Sehen Sie, von dem Gerichtshof unter meinem Vorsitz.» Mit der herablassenden Befriedigung des Lehrers, der endlich eine annehmbare Antwort von dem begriffsstutzigen Schüler bekommen hat.

«Also?»

«Es ist ein Irrtum gewesen. Ein Justizirrtum, wie man zu sagen pflegt.»

«Das heißt?»

«Er war unschuldig.»

«Tatsächlich!»

«Ich glaube, ja.»

«War er unschuldig oder glauben Sie, daß er unschuldig war?»

«Ich glaube, daß er unschuldig war. Ich kann dessen nicht sicher sein.»

«Ach, Sie können dessen nicht sicher sein!» Spöttisch lächelnd, von der Höhe seiner Sicherheit herab.

«Ich bin nur der Überzeugung, nicht absolut und sogar mit einem leisen Zweifel, daß er zu Unrecht verurteilt worden ist.»

«Nicht absolut, ein leiser Zweifel ... Das ist amüsant.» Seine Stimme, eben noch spöttisch, wurde tragisch, als habe ihn ein plötzlicher Stich mitten in die Brust getroffen. «Haben Sie sich jemals das Problem gestellt, was es heißt zu richten?»

Für einen Augenblick warf er sich im Sessel zurück, als würde er mit diesem Problem im Todeskampf ringen.

«Immer», sagte Rogas.

«Und haben Sie es gelöst?»

«Nein.»

«Eben: Sie haben es nicht gelöst. – Ich schon, selbstverständlich... Aber nicht ein für allemal, nicht endgültig... Hier und jetzt, wenn ich mit Ihnen von dem nächsten Fall spreche, bei dem ich den Vorsitz führen soll, kann ich auch sagen: ich habe es nicht gelöst. Wohlgemerkt: ich rede von dem nächsten Fall. Nicht von dem Fall, den ich gerade abgeschlossen habe, oder von dem Fall vor zehn oder zwanzig oder dreißig Jahren. Für alle vergangenen Fälle habe ich das Problem gelöst, immer: und ich habe es in dem Richterspruch gelöst, in dem Akt, sie zu richten... Sind Sie praktizierender Katholik?»

«Nein.»

«Aber katholisch?»

Rogas machte eine Gebärde, die sagen wollte: wie alle. Und wirklich dachte er, daß alle jetzt und überall ein bißchen katholisch wären.

«Ja: wie alle», interpretierte der Präsident richtig. Und in der Haltung eines Priesters im Religionsunterricht: «Nehmen wir einmal die Messe: das Geheimnis der Wandlung, durch die Brot und Wein zu Leib, Blut und Seele Christi werden. Der Priester kann unwürdig sein, in seinem Leben, seinen Gedanken: aber die Tatsache, daß er mit der Weihe bekleidet ist, bewirkt, daß sich bei jeder Wandlung das Geheimnis vollzieht. Nie, sage ich, nie kann es geschehen, daß die Transsubstantiation nicht eintritt. Und ebenso ist es mit dem Richter, der den Richtspruch fällt: die Gerechtigkeit kann sich unmöglich nicht enthüllen, nicht vollziehen. Vorher kann der Richter sich abquälen, verzehren, sich sagen: du bist nicht würdig, bist voller Fehler, von deinen

Trieben geleitet, verwirrt, jeder Schwäche und jedem Irrtum unterworfen; aber im Augenblick, da er richtet, nicht mehr. Und noch weniger danach. Kennen Sie einen Priester, der sich, nachdem er die Messe zelebriert hat, sagt: wer weiß, ob sich die Wandlung auch diesmal vollzogen hat? Kein Zweifel: sie hat sich vollzogen. Ganz bestimmt. Und ich würde auch sagen: unvermeidlich. Denken Sie an jenen Priester, der, während er zweifelte, im Augenblick der Konsekration Blut auf den Gewändern hatte. Und ich kann sagen: kein Urteilsspruch hat mir in den Händen geblutet, hat meine Robe befleckt.»

Unwillkürlich stöhnte Rogas auf. Der Präsident betrachtete ihn voller Widerwillen. Und wie bei einem Feuerwerk, wo, wenn man glaubt, daß alles vorbei ist, in dem staunenden Schweigen ein noch großartigeres, blendenderes und lauter donnerndes Schlußbouquet folgt, sagte Riches: «Natürlich bin ich nicht katholisch. Natürlich bin ich nicht einmal Christ.»

«Natürlich», echote Rogas. Und tatsächlich wunderte er sich nicht darüber.

Der Präsident schien darüber enttäuscht und verärgert, wie ein Taschenspieler, dessen Kunststück von einem Kind durchschaut worden ist. Fast hysterisch rief er: «Der Justizirrtum existiert nicht.»

«Aber die verschiedenen Justizen, die Möglichkeit, Einspruch zu erheben, Berufung einzulegen...», warf Rogas ein.

«Das setzt, wollen Sie sagen, die Möglichkeit eines Irrtums voraus... Aber es ist nicht so. Das setzt nur die Existenz einer, sagen wir, laienhaften Meinung über die Justiz, über die Justizbehörden voraus. Eine

Meinung, die außerhalb steht. Nun ist eine Religion, eine Kirche, die anfängt, die Meinung der Laien zu berücksichtigen, schon tot, auch wenn sie es nicht merkt. Und ebenso die Justiz, die Justizbehörden, und ich gebrauche den Begriff Behörden, Ihnen zuliebe; und auf jeden Fall ohne den geringsten statutenmäßigen und bürokratischen Anstrich.»

Leiser, eindringlicher, beinah melancholisch fügte er hinzu: «Alles hat mit Jean Calas angefangen... jedenfalls, wenn man versucht, einen genauen Punkt zu fixieren, einen Namen, ein Datum zu nennen, und das ist notwendig, wenn wir von den großen Niederlagen oder den großen Siegen der Menschheit Kenntnis nehmen wollen...»

«Es hat angefangen mit...?»

«Jean Calas: ‹Der Mord an Calas, begangen zu Toulouse mit dem Schwert der Justiz am 9. März 1762, ist eines der merkwürdigsten Geschehnisse, welche die Aufmerksamkeit unseres Zeitalters und der Nachwelt verdienen. Man vergißt schnell jene Unzähligen, die in den Kriegen sterben, nicht nur weil ihr Tod in Zusammenhang mit einer schicksalhaften Auseinandersetzung stand, sondern auch weil sie in der Lage gewesen sind, ihren Feinden den Tod zu geben und nicht zu fallen, ohne sich verteidigt zu haben. Dort, wo die Gefahr und der Vorteil sich die Waage halten, hört das schmerzliche Staunen auf, und sogar das Mitleid wird schwächer; aber wenn ein schuldloser Familienvater in die Hände des Irrtums gefallen ist, oder der Leidenschaft, oder des Fanatismus; wenn der Angeklagte keine andere Verteidigung hat als die eigene Tugend, wenn die Herren über sein Leben kein

anderes Risiko eingehen, wenn sie ihn abschlachten lassen, als das des Irrtums; wenn sie ungestraft mit einem Urteil töten können: dann erhebt die Öffentlichkeit ihre Stimme, jeder fürchtet für sich selbst...›
Haben Sie es gelesen?»

«Traité sur la tolérance à l'occasion de la mort de Jean Calas», zitierte Rogas.

«Ah, Sie haben es gelesen», stellte der Präsident fest. Und mokant, aber mit einem drohenden Unterton: «Unsere Polizei leistet sich einen unvorstellbaren Luxus.»

«Ich leiste mir die eine oder andere Lektüre», stellte Rogas richtig.

«Und die Polizei leistet sich Sie. Aber lassen wir das... Jean Calas also... Den ‹Traktat› und was Voltaire sonst noch über den Tod von Calas geschrieben hat, weiß ich fast auswendig. Er ist der Ausgangspunkt des Irrtums gewesen: des Irrtums, daß der sogenannte Justizirrtum existieren könnte... Natürlich entsteht dieser Irrtum nicht aus dem Nichts, noch bleibt er isoliert oder gar isolierbar, er hat seinen Nährboden, steht in einem größeren Zusammenhang... Ich habe viele Stunden meines Lebens, meiner sogenannten Freizeit... sogenannt weil es für mich nie eine Zeit gegeben hat, da ich wirklich frei war von den Lasten des Amtes... damit verbracht, Voltaire in dem Fall von Jean Calas zu widerlegen. Das heißt: die Idee der Justiz, der Justizbehörden zu widerlegen, die von jenem Fall, wie Voltaire ihn betrachtet, ausgeht.» Er zeigte auf einen großen Stoß Hefte auf seinem Tisch: «Hier ist meine Widerlegung, mein Traktat.»
«Werden Sie ihn veröffentlichen?»

Die gleiche Frage, die er vor wenigen Tagen an Vilfredo Nocio gestellt hatte.

Im Gegensatz zu Nocio entsetzte sich der Präsident nicht darüber. «Gewiß werde ich ihn veröffentlichen: ausgeht sobald die Voraussetzungen günstig für einen Erfolg sind. Und ich rede, wohlverstanden, nicht von einem materiellen, praktischen Erfolg, ich rede von einem ideellen Erfolg ... Ich würde sagen, daß die Zeit schon fast gekommen ist ... Denn, sehen Sie, das Heraufkommen der Massen ist die Voraussetzung, die uns erlaubt umzukehren und neu zu beginnen ... Ich will es Ihnen erklären ...»

Er rutschte auf seinem Sessel vor, neigte sich mit einem gewinnenden Lächeln Rogas zu und blickte ihn aus fiebrig glänzenden Augen an. Wie in den Irrenhäusern, dachte Rogas, wo du immer auf einen triffst, der dir seine Utopie anvertrauen will, seine Civitas Dei, seine Phalanstère.

«Ich will Ihnen meinen Gedankengang erklären ... Der schwache Punkt des Voltaireschen Traktates findet sich schon auf der ersten Seite: wo er den Unterschied zwischen dem Tod im Krieg und dem Tod, sagen wir, durch die Hand der Justiz, feststellt. Dieser Unterschied existiert nicht: die Justiz beruht auf einem immerwährenden Zustand der Gefahr, auf einem immerwährenden Kriegszustand. So war es auch zu den Zeiten Voltaires, aber man sah es nicht; jedenfalls war Voltaire zu kurzsichtig, um es zu bemerken. Aber jetzt sieht man es: die Massen haben erkennbar gemacht, was zuvor nur von einem scharfsichtigen Geist erfaßt werden konnte, daß nämlich die menschliche Existenz sich in einem totalen und absoluten Kriegszustand vollzieht. Ich werde mich zu einem Paradox vorwagen, das auch eine Vorausschau in die Zukunft sein kann: die einzige mögliche Form von Justiz würde das sein können und wird das sein, was man im Krieg Dezimierung nennt. Der einzelne verantwortet sich für die Menschheit. Und die Menschheit verantwortet sich für den einzelnen. Es wird keine andere Weise geben können, die Gerechtigkeit zu verwalten. Mehr noch: es hat sie nie gegeben. Aber nun kommt der Augenblick, sie auf eine theoretische Grundlage zu stellen, sie zu kodifizieren. Den oder die Schuldigen zu verfolgen ist unmöglich; praktisch unmöglich, technisch unmöglich. Es ist nicht mehr das Suchen nach der Nadel im Strohhaufen, sondern das Suchen im Strohhaufen nach dem Strohhalm. Unter den geläufigen Dummheiten wurde einmal gesagt, daß es unmöglich ist, sich an das Gesicht eines Chinesen zu erinnern, weil sich alle gleichen. Man hat dann gesehen, daß mindestens drei Gesichter von Chinesen unvergeßlich bleiben und sich nicht gleichen. Aber Millionen Menschen, Hunderte von Millionen gleichen sich heute: und ich sage, nicht physisch. Besser: nicht nur physisch. Es gibt keine Individuen mehr, es gibt keine individuellen Verantwortlichkeiten. Ihr Beruf, lieber Freund, ist lächerlich geworden. Er setzt die Existenz des Individuums voraus, und das Individuum gibt es nicht. Er setzt die Existenz Gottes voraus, eines Gottes, der die einen blind macht und die anderen erleuchtet, eines Gottes, der sich verbirgt: und er ist so lange verborgen geblieben, daß wir ihn als tot annehmen können. Er setzt den Frieden voraus, und da ist der Krieg... Das ist der entscheidende Punkt: der Krieg... Da ist der Krieg:

und die Unehre und das Verbrechen müssen der Masse zurückgegeben werden, wie in den Kriegen der Militärs den Regimentern, den Divisionen, den Armeen. Bestraft in der Zahl. Gerichtet vom Schicksal.»

«Die Zahl kann niemals unbestimmt sein», sagte Rogas.

«Wie? Was sagen Sie?»

Rogas gab keine Antwort. Er dachte: *« Argumentum ornithologicum*. Ich schließe die Augen und sehe einen Schwarm Vögel. Die Vision dauert eine Sekunde, vielleicht weniger. Ich weiß nicht, wie viele Vögel ich gesehen habe. War ihre Zahl bestimmt oder unbestimmt? Das Problem schließt das der Existenz Gottes in sich. Wenn Gott existiert, ist die Zahl bestimmt, da Gott weiß, wie viele Vögel es waren. Wenn Gott nicht existiert, ist die Zahl unbestimmt, da niemand sie zählen konnte. In diesem Fall sagen wir, daß ich weniger Vögel als zehn und mehr als einen gesehen habe, aber ich habe weder neun gesehen noch acht, noch sieben, noch sechs, noch fünf, noch vier, noch drei, noch zwei. Ich habe eine Zahl von Vögeln gesehen, die zwischen zehn und eins liegt und die nicht neun ist, noch acht, noch sieben, noch sechs, noch fünf und so weiter. *Ese numero entero es incocebile; ergo Dios esiste.*» Als sich in seinem Gedächtnis die kurze Seite wieder so darstellte, wie sie hier gedruckt ist, wandte er seine Aufmerksamkeit erneut dem Präsidenten zu: aber mit dem Gefühl, daß jener Vogelschwarm, der für eine Sekunde oder noch weniger über Borges hinweggeflogen war, sehr viel wirklicher war als der Mann, der zu ihm sprach, und alles um ihn her.

Er hörte den Präsidenten sagen: «Im übrigen scheint sich das Problem der Gerechtigkeit für Voltaire und jene, die von ihm beeinflußt sind, darauf zu konzentrieren, was er *délits locaux* nennt, Straftaten, die von Ort zu Ort verschieden beurteilt werden. Aber jetzt hat die Masse, die Kodexe wie eine durstige Herde überschwemmend, nach strafwürdigen Taten durstig, will ich sagen, die örtlichen Unterschiede ausgelöscht. Der Richter braucht sich nicht mehr zu fragen: ‹ *Je n'oserais punir à Raguse ce que je punis à Lorette?* › Das, was man in Ragusa bestraft, bestraft man auch in Loreto. Besser wäre es zu sagen, was man *nicht* bestraft. Wenig Dinge werden heute noch bestraft.»

«Es scheint mir nicht so», sagte Rogas. «Und was die von Ort zu Ort verschiedene Bestrafung angeht: Loreto ist in Italien, Ragusa heißt heute Dubrovnik, in Jugoslawien; man kann nicht sagen, daß man das, was in Italien bestraft wird, auch in Jugoslawien bestraft.»

«Kann sein, kann sein.» Mit der Miene zerstreuter Ungläubigkeit.

«Glauben Sie nicht?»

«Wenn Sie es wirklich wissen wollen: nein. Denn Sie sind im Begriff, den Irrtum zu begehen, Delikte als nur nach örtlichen Gesetzen bestrafenswert anzusehen, die universell und ewig sind, also überall und immer bestraft werden. Delikte gegen die Rechtmäßigkeit der Macht zum Beispiel, die nur die Macht, die sich auf ihre Seite stellt, als Straftat auslöschen und in Gestalt des erwarteten Eintritts Gottes in die Welt hinnehmen kann. Der einzige Eintritt, den die Welt Gott gewährt... Nicht dem Gott, der sich verbirgt, wohlverstanden... Nun sind es gerade diese Delikte, die Art, wie diese Delikte immer verurteilt und bestraft worden sind, die Prozedur, deren man sich dabei bedient hat, welche meinem Traktat eine feste Grundlage gegeben haben. In diesen Prozessen wird die Schuld als gegeben vorausgesetzt und ohne jede Rücksicht auf Rechtfertigungsgründe der einzelnen Angeklagten verfolgt. Was ein Angeklagter tatsächlich begangen hat oder nicht, ist dabei für die Richter stets ohne die geringste Bedeutung gewesen...»

«Aber die Tatsache, daß man in diesen Prozessen von den Angeklagten mit allen Mitteln ein Geständnis der nicht begangenen Schuld zu erlangen versucht...»

«Besagt genau das Gegenteil von dem, was Sie sagen wollen... Erinnern Sie sich an jenes Pamphlet über den Prozeß von 1630 in Mailand: die Angeklagten waren beschuldigt worden, die Pest durch die Ölung zu verbreiten. Der Verfasser, ein italienischer Katholik, sagt, daß man in jenem Prozeß eine Ungerechtigkeit entdeckte, die von eben denselben, die sie begingen, gesehen werden konnte, nämlich den Richtern. Natürlich sahen sie die! Sie wären keine Richter gewesen, hätten sie die nicht gesehen; aber noch weniger wären sie es gewesen, wenn dies sie dazu bewogen hätte, die Angeklagten freizusprechen, statt sie zu verurteilen. Die Möglichkeit, die Pest auf diese Weise zu verbreiten, gab es noch nicht: damit will ich sagen, daß es sie heute gibt. Die Angeklagten in jenem Prozeß hatten kein Motiv, es bestanden nicht die geringsten Beweise, und sogar die Indizien paßten nicht zusammen. Aber die Pest war da: darauf kommt es an. Der Verfasser des Pamphlets bestritt, daß die Seuche ausgebrochen war, und das stellte in der Tat die einzige damals mögliche Haltung des Laien dar. Natürlich lächerlich. Aber Voltaire ist es, ein Jahrhundert danach, nicht weniger. Und ebenso, zwei Jahrhunderte nach Voltaire, Bertrand Russell und Sartre.»

«Aber das Schuldgeständnis...»

«Wenn Sie dem Wort einen religiösen Sinn geben anstatt eines technischen, so stellt das Geständnis einer Schuld von seiten eines, der sie nicht begangen hat, das dar, was ich den Kreislauf der Legitimität nenne. Jene Religion ist wahr, jene Macht ist legitim, welche den Menschen einem Zustand der Schuld ausliefert: der Sündhaftigkeit in Körper und Geist. Aus dem Zustand der Sünde läßt sich die Überzeugung, ein Verbrechen begangen zu haben, viel leichter ableiten als aus objektiven Beweisen, die es nicht gibt; und es sind sogar, wenn überhaupt, die objektiven Beweise, die das verursachen, was Sie Justizirrtümer nennen.»

«Genau. In dem fraglichen Fall sind es auch die objektiven Beweise gewesen, die zum Ausgangspunkt für den Justizirrtum geworden sind: Cres ist verurteilt worden...»

«Das interessiert mich nicht», sagte der Präsident.

«Ich verstehe», sagte Rogas. «Ich verstehe sehr gut. Aber sehen Sie, Exzellenz, meine Aufgabe ist es, den Strohhalm im Strohhaufen zu suchen, wie Sie so gut gesagt haben. Und jener Strohhalm ist bewaffnet, schießt, hat bereits an die zehn Richter ermordet; und ohne sich bis jetzt zu irren, ohne abzuschweifen. Natürlich kann ich mich täuschen, können die Schüsse von ganz anderer Seite kommen. Immerhin bleibt das Problem, Ihr Leben zu schützen und ein Attentat durch

Cres oder die Gruppen zu vereiteln... Halten Sie sich für hinreichend beschützt, hinreichend sicher?»

In den Augen des Präsidenten saß die Furcht.

«Was meinen Sie dazu?», fragte er mit von Angst gedämpfter Arroganz, mit durch Arroganz getarnter Angst.

«Ich meine, daß Sie, soweit es möglich ist, in dem Maße beschützt und sicher sein werden, in dem Sie sich nicht beschützt, nicht sicher fühlen.»

«Ah», machte der Präsident. Betroffen.

Wie ein Schlafwandler fand sich Rogas im Aufzug wieder; und als sich die Lifttür im Vorraum öffnete, hatte er für einen Augenblick das Gefühl, einem Spiegel gegenüberzustehen. Nur daß im Spiegel ein anderer war.

«Entschuldigen Sie», sagte der andere und drängte an ihm vorbei in den Aufzug, während Rogas heraustrat. «Bitte», sagte Rogas, mit einem Schlag hellwach. Die gleiche Statur wie er, einsfünfundsiebzig; daher der Eindruck des Spiegels, als sie einander plötzlich im unsicheren Licht des Vorraums gegenüberstanden. Dunkler Teint, im Kontrast zu dem weißen Haar. Geheimratsecken. Leicht gebogene Nase? Vielleicht nicht. Nicht gerade mager: kräftig, gesund aussehend. Er war ein wenig dicker geworden, hatte weiße Haare bekommen, vielleicht hatte er sich die Nase ummodeln lassen. Aber was für eine Identität hatte er angenommen? Wie war es ihm gelungen, in die Villa einzudringen, wo unter anderen Mächtigen Präsident Riches wohnte?

Rogas kontrollierte die eigenen Instinkte: ohne beson-
dere Anstrengung, muß man sagen, zu seiner Ehre
oder Unehre (wie ihr wollt). Die blitzartige Versuchung, den Aufzug wieder zu nehmen, um zum Präsidenten zurückzukehren, war eben nur ein Blitz, der
sogleich erlosch in der bei dieser Gelegenheit eher
zynischen Erinnerung an den Satz des Innocenz, wenn
er den Revolver auf den Schopenhauerianer-Professor
richtet (K. G. Chesterton, Manalive): «Ich würde es
nicht für den ersten besten tun, aber Ihr und ich, wir
sind so gute Freunde geworden!» Natürlich an den
Präsidenten gerichtet: wo vielleicht in diesem Augenblick Cres im Begriff war, seine Rechnung mit dem
Revolver zu begleichen. Der sich vor seinem inneren
Auge in schöner Kursivschrift wiederholende Satz
bildete die Webkante zu den Überlegungen, die er
nacheinander aufrollte, und er löste sich in Rhythmus,
in Musik auf («ich würde es nicht – für den ersten –
besten – tun», nach der Melodie eines Schlagers; und
dann «aber Ihr und ich – wir sind so gute Freunde!»
mit breiter Phrasierung, Puccini, baritonal gefärbt), als
ihm bewußt wurde, daß er schon eine Zeitlang im
Autobus war, daß alle Lichter der Stadt sich entzündet
hatten, vom Schirokko mit einem Dunstkreis umge-
ben; daß die Geschäfte schlossen und er also nicht
mehr Zeit genug hatte, um seinem Verfolger dadurch
zu entkommen, daß er ihn hinter sich in ein großes
Kaufhaus lockte (eben vom Onesto Consumo), wo die
vielen Türen, die Aufzüge, die Rolltreppen und vor
allem die Menschenmenge es möglich machen, auch
den geschicktesten Beschatter der Polizei oder des
Sicherheitsdienstes irrezuführen. Denn nach Rogas'

Meinung waren die zwei, die ihm zuerst gefolgt waren, von der Polizei gewesen, aber der, welcher ihm jetzt folgte und sich in dem fast leeren Autobus so plaziert hatte, daß er nicht von einem plötzlichen Aussteigen des Überwachten überrascht werden konnte, war bestimmt vom Sicherheitsdienst: man sah es am Maßanzug, dem kurzen Haarschnitt, der wohlgenährten Figur. Im Unterschied zu ihren amerikanischen Berufskollegen, Vorbildern, denen sie sich anzugleichen suchten, waren die Agenten des Sicherheitsdienstes über Gebühr der guten Tafel (das Spesenkonto) zugeneigt und weniger den vorgeschriebenen gymnastischen und sportlichen Übungen, denen sie sich ebenso häufig und hingebungsvoll hätten widmen sollen wie Benediktiner der Meditation.

Der Agent entfaltete die Abendzeitung, die er in der Hand hielt. Rogas spähte nach den Überschriften: wieder war ein Richter ermordet worden.

Er erinnerte sich plötzlich an eine Einzelheit: Cres hatte ein Köfferchen in der Hand gehabt. Und aus dieser Einzelheit zog er eine Schlußfolgerung: daß der Mann die Villa nicht betreten hatte, um den Präsidenten zu ermorden, sondern weil er da wohnte. Er kam soeben von einer Reise zurück, das war es: aus der Stadt, in welcher es ihm ein paar Stunden zuvor gelungen war, noch einen Richter zu beseitigen. Den Präsidenten konnte er umbringen, wann er wollte: aber die Tarnung, die ihm die Wohnung in der Villa des Präsidenten verlieh, war so vollkommen, daß er, um sie nicht aufs Spiel zu setzen, bestimmt die Entscheidung hinausschob und weiter hinausschieben würde. Daneben hatte Cres wohl noch einen gewichtigen Grund, den Präsidenten vorläufig am Leben zu lassen: zu seiner selbstgeschaffenen Ordnung gehörte es, daß er sich den Präsidenten gewissermaßen in einem Gehege (oder Hühnerkäfig) für das Schlußbankett aufhob.

Die plötzliche Entdeckung von Cres, der das bequemste und privilegierteste Asyl unter ein und demselben Dach mit dem Präsidenten des Obersten Gerichtshofs gefunden hatte, beunruhigte Rogas. Die Berufsleidenschaft, die Ungeduld nachzuprüfen, sich zu vergewissern, vermischte sich in ihm mit der Befürchtung, daß Cres ihn bei der flüchtigen Begegnung erkannt haben könnte und daß er, im Zweifel, ob der Inspektor seinen Zufluchtsort entdeckt hatte oder bei der zufälligen Begegnung von einem Verdacht oder auch nur Eindruck gestreift worden wäre, wieder verschwinden und darauf verzichten könnte, den Präsidenten hinzurichten, oder die Strafexpedition auf einen günstigeren Zeitpunkt verschieben könnte. Aber einen günstigeren Zeitpunkt, den Präsidenten umzubringen, würde es nie geben. Nur daß Cres, wenn er Rogas erkannt hatte und wenn er glaubte, seinerseits erkannt worden zu sein, sich niemals vorstellen konnte, daß jener Polizeiinspektor, von dem die Zeitungen sagten, daß er zäh, aber vergeblich damit beschäftigt sei, ihn zu jagen, in Wahrheit auf seine Seite übergegangen war. Und wie ein Sportfan, der vor dem Bildschirm ein Fußballspiel genießt (erleidet), die entschlossene Tat, den stürmischen Einbruch in das gegnerische Feld vorwegnehmend, anfeuernd, flehend, so malte sich Rogas im Geiste aus, was er an Stelle von Cres getan haben würde, was Cres hätte tun sollen. Aber inzwischen wollte er sichergehen, daß er sich nicht geirrt hatte, daß der Mann wirklich Cres war. Zurückkehren, um von den Portiers und dem Polizisten Auskünfte einzuholen? Den Verwalter der Villa ausfindig machen? Aber wenn Cres tatsächlich dort wohnte, bestand die Gefahr, daß er von den Nachforschungen erfuhr, unruhig wurde und flüchtete. An der Haltestelle an der Piazza Clio stieg er mit lässiger Bewegung aus. Er kaufte die Zeitung. Die Nachricht von der Ermordung des Richters war kurz und fettgedruckt. Die Zeitung durchblätternd, ging er unter den Arkaden dahin. Der Agent des Sicherheitsdienstes schien verschwunden, aber Rogas wußte, daß er an der am wenigsten beleuchteten Ecke des Platzes stand.

Er betrat ein Café, bestellte kalte Milch und heißen Kaffee. Er gab Zucker hinzu, trank sie abwechselnd rasch aus. Die zwei entgegengesetzten und beinahe gleichzeitigen Empfindungen, das Kalte, das Heiße, hoben sich gegenseitig auf: und so erwarb sein Körper auf einige Minuten eine Art Gleichgültigkeit gegen die schreckliche Schirokkodecke, die über der Stadt hing. Und da kam ihm die gute Idee. Das Café war fast menschenleer, und das Telefon so günstig gelegen, daß kein Neugieriger sich nähern konnte, ohne entdeckt zu werden. Rogas wählte die Geheimnummer des Präsidenten Riches. Wie er vorausgesehen hatte, antwortete der Diener. Rogas sagte: «Ich bin Inspektor Rogas, ich rufe an, um Routineauskünfte von Ihnen zu erhalten... Ja, von Ihnen; es würde mir nicht einfallen, Seine Exzellenz zu stören... Ja, also: ich würde gerne die Namen derjenigen wissen, die in der Villa wohnen; die Namen und womöglich Auskünfte über ihre Tätigkeit, ihren Beruf... Der italienische Botschafter also;

der Präsident der Nationalen Rundfunk- und Fernseh-
anstalten; der Herzog von Leiva; Herr Ribeiro, Carlos
Ribeiro... Spanier?... Ah, Portugiese. Und was
macht er, der Herr Ribeiro? Ist er von der portugiesi-
schen Botschaft?... Nein, wenn es Ihnen recht ist,
bleiben wir einen Augenblick bei Herrn Ribeiro: wie
ist er? Vom Aussehen her, meine ich... Ah, ein schöner Mann... Ein typisch portugiesisches Gesicht: das
soll heißen dunkler Teint, nicht?... Und weiße Haare,
sehr gut... Machen wir weiter...» Aber nur, um bei
dem Diener und Ex-Polizisten durch sein besonderes
Interesse für Herrn Ribeiro keinen Argwohn zu erregen.

Cres hatte also den Namen Ribeiro angenommen. Ein
portugiesischer Kaufmann. Portugiesisches Gesicht.
Portugiesischer Paß. Und reich wie ein reicher Portugiese.

Am Tag darauf, einem Freitag, legte sich Rogas, lange
unter der Dusche stehend, das Programm für den Tag
zurecht. Aber das Programm konnte nur durchgeführt
werden, wenn es ihm gelänge, die Agenten abzuhän-
gen, die ihn beschatteten. Denn nunmehr würden alle,
denen er begegnete, automatisch in die Lage von poli-
zeilich Überwachten geraten, und wer weiß, für wie
lange Zeit und mit welchen Folgen.

Er hielt sich einige Stunden im Büro auf, um einen
Bericht über seinen Besuch bei Präsident Riches zu
schreiben. Er legte jene ganze Ironie hinein, die wohl
keiner von denen, die ihn lesen würden, zu erfassen
imstande wäre: die ganze Hierarchie, die er durchlau-
fen würde, der künftige Archivforscher, der Histori-

ker. Ein Land ohne Sinn für Ironie, aber es machte Rogas gleichwohl Vergnügen, sich ihrer zu bedienen. Er schrieb unter anderem: «Seit dem Augenblick, wo der Unterzeichnete das Haus des Präsidenten des Obersten Gerichtshofes verlassen hat, drängt sich ihm der bestimmte Eindruck auf, von erfahrenen Personen beschattet zu werden, das heißt von besonders für diese Aufgabe Befähigten, so als ob sie in einem staatlichen oder privaten Polizeikorps ausgebildet worden wären... Wenn vorgesetzte Dienststellen darum besorgt wären, diese Personen zum Schutze des Unterzeichneten einzusetzen, so kann der Unterzeichnete nur seine Dankbarkeit zum Ausdruck bringen, sich aber gleichzeitig erlauben, darauf hinzuweisen, daß eine derartige, durch die Verwendung so vieler Männer, die einander in der Beschattung ablösen, kostspielige Überwachung vielleicht besser zum Schutze der Richter durchzuführen wäre. Sofern jedoch die vorgesetzten Dienststellen die Beschattung nicht angeordnet haben sollten und überhaupt nichts davon wüßten, würde es nach dem Dafürhalten des Unterzeichneten angebracht und sogar unbedingt notwendig sein, so zu verfahren, daß ebenso befähigte Polizeibeamte sich der Aufgabe widmeten, die Beschatter zu beschatten.» Pünktlich zu der Stunde, zu der der Chef der politischen Abteilung seine Untergebenen zum Rapport empfing, betrat Rogas das Büro. Aber an diesem Tage fand kein Rapport statt: der Abteilungschef, so informierte ihn ein Kollege, verhörte gerade ein Mädchen, das zu den Aktivsten einer Gruppe gehörte, die die Stadt unsicher machte, in der am Tage zuvor ein Richter ermordet worden war. Sie war im Flugzeug in die

Hauptstadt gebracht worden, zusammen mit drei ihrer Gefährten: und der Abteilungschef hatte bei ihr beginnen wollen. Eben weil sie eine Frau ist, dachte Rogas. Und: wird er sie mit einer Blume schlagen?

Er schaute in das Vorzimmer hinein: da waren die drei jungen Leute, in der Erwartung, verhört zu werden, und etwa zehn Polizisten, die sie bewachten. Bärtig, in Hemdsärmeln, verächtlich Blick und Lächeln, sagten die drei kein Wort und schauten sich nicht einmal untereinander an. Arme Kerle, dachte er: und nicht, weil sie einem Idioten begegnen sollten, nicht, weil sie soeben dieses kleine Mißgeschick erlebten (in wenigen Stunden würden sie frei sein, gefeiert und gleichsam ausgezeichnet durch den in Gefangenschaft verbrachten Tag). Er bedauerte sie, bedauerte alle jungen Menschen, jedesmal wenn er ihnen begegnete, eingeschlossen in ihre Verachtung, in ihren Zorn. Nicht, daß es nichts zu verachten und zu zürnen gäbe. Aber es gab auch zu lachen.

Er ging hinunter, trat auf den Platz hinaus. Es war die Stunde, da die Stadt im Verkehr erstickte. Er begab sich zu Fuß auf den Weg, denn ein Taxi zu finden war unmöglich. Eine Viertelstunde lang ging er mit raschen Schritten in der Sonne dahin: schließlich bog er in die Via Frazer ein, die ruhig und schattig dalag. Es war eine gerade, lange Straße, für Autos in beiden Richtungen gesperrt. Reiche Leute wohnten dort, keine Neureichen, sondern Familien, die schon ein Vermögen besessen hatten, als Reichtum zumindest noch zur Zierde gereichte. Er betrat das Haus Nummer 30: hier wohnten drei Generationen von Pattos, Reeder, Eigentümer der Zeitung «Der Sturm», Freunde des

Polizeichefs («Sie werden mir morgen berichten, heute abend bin ich zum Essen bei den Pattos»). Rogas hingegen war mit dem Portier befreundet: er hatte einmal seine Unschuld bewiesen, als die Polizei nach einem schweren Diebstahl bei den Pattos unbedingt ihn als Schuldigen verhaften wollte. Der Portier begrüßte ihn überschwänglich. Rogas schnitt ihm das Wort ab und erklärte ihm, was er machen sollte: so tun, als ob er am Haustelefon dem Hausherrn einen Besuch ankündigte; ihn zum Aufzug begleiten; warten, bis ein Mann hereinkäme (er war noch nicht da, würde in einer halben Minute auftauchen), um zu fragen, zu wem Rogas gegangen wäre, und ihm sagen, daß er mit dem alten Herrn Pattos habe sprechen wollen. Der Beschatter tauchte auf, als der Portier bereits telefonierte. Er legte den Hörer auf, kam aus seiner Loge und begleitete Rogas zum Lift. Rogas fuhr bis zum obersten Stockwerk hinauf und stieg dann über die Treppe wieder hinunter. Er stellte sich so, daß er, ohne gesehen zu werden, das Gespräch zwischen dem Agenten des Sicherheitsdienstes und dem Portier hörte.

«Der Herr da, der eben hereingekommen ist, zu wem ist er gegangen?», fragte der Agent.

«Warum wollen Sie das wissen?», Typische Gegenfrage.

«Neugier», sagte der Agent. Mit kalter Drohung.

«Er ist zu Herrn Pattos gegangen.»

«Welchem Pattos?»

«Pattos Pattos», sagte der Portier mit einem gewissen Stolz.

«Dem Reeder?»

«Dem Reeder.»

«Gut ... Wenn er herunterkommt, sagen Sie ihm nicht, daß einer nach ihm gefragt hat, verstanden?»

«Ist gut.»

Er ging weg. Und auch Rogas ging weg, die Kellerwohnung durchquerend, in welcher der Portier hauste, und in die Via Pirenne einbiegend, die parallel zu der Via Frazer verlief, aber nicht mit ihr in Verbindung stand. Um dorthin zu gelangen, hätte der Agent des Sicherheitsdienstes einen Kilometer laufen müssen: aber in diesem Augenblick vermutete er bestimmt noch nicht, daß Rogas ihm entwischt war; sondern freute sich über die Neuigkeit, die er soeben erfahren hatte und unverzüglich an seine Auftraggeber weiterleiten würde: denn man geht nicht zu wichtigen Leuten, außer in wichtigen Angelegenheiten.

Von einem Café aus rief Rogas bei Cusan an und verabredete sich mit ihm in einem Restaurant vor der Stadt, anschließend bestellte er sich ein Taxi. Eine halbe Stunde später saß er an einem Tisch unter einer Laube, einen kellerkühlen Weißwein schlürfend. Daß Cusan sich verspätete, war ihm nur recht: das erlaubte ihm, die Tatsachen, die Vermutungen, die Voraussagen in Gedanken zu ordnen. Mit klarem Kopf, in der erfrischenden Kühle des Windes, der durch die Rebenblätter wehte, des Weines; aber mit einem Rest von Besorgnis, von Unsicherheit, vielleicht von Furcht.

Er erzählte Cusan alles.

Cusan war ein engagierter Schriftsteller: daher erfaßte ihn tiefe Bestürzung, als er sich plötzlich in diese Geheimnisse, diese Gefahren verwickelt sah. Aber er war ein anständiger Mensch, ein redlicher Freund: nachdem er von jeder Seite und von jedem schwachen Punkt her versucht hatte, das Gebäude von Eindrükken, Beweisen, Vermutungen zum Einsturz zu bringen, merkte er, daß er zusammen mit Rogas unentrinnbar darin steckte, wie in einem Labyrinth, und sie mußten den Faden finden, um herauszukommen. Einen Faden in Reichweite gab es; er würde sie herausführen, sofern sie nur die ganze Geschichte vergaßen. Mehrmals streiften sie in Gedanken diese Möglichkeit, waren, der eine und der andere, schon nahe daran, sie zu ergreifen. Der friedliche Landgasthof, das gute Essen, der Wein, die Erinnerung an Vater und Mutter, die das «wer heißt es dich tun?» zu wiederholen schienen, das zwei Jahrtausende Geschichte des Landes geprägt hatte, die Erinnerungen an die sorglose Jugendzeit, die immer auftauchte, wenn sie sich trafen; der Sehnsuchtstraum von Erkenntnissen, die noch vor ihnen lagen, von den Ländern, die sie noch sehen würden, von den Büchern, die sie mit jener Objektivität und geistigen Reife lesen würden, die sie in sich wachsen fühlten (sofern es Krebs und Infarkt zuließen): dies alles ließ sie an jenen Rettungsfaden denken, an das Vergessen. Aber davon sprachen sie nicht, und jeder schämte sich, es zu denken und nicht zu sagen; auch wenn er sich noch mehr geschämt hätte, es zu sagen. Aber da war auch, böse, unterschwellig und kaum bewußt, die gegenseitige Erwartung, daß der andere nachgeben würde.

Und ein wenig gab Cusan nach. Nachdem sie gemeinsam zu der natürlichsten Lösung gelangt waren, die sich aufdrängte, bot er sich an, die Mission zu übernehmen. Der Ton, in dem er es tat, verriet mehr als seine Worte Resignation und Heroismus. Und je mehr er drängte, je mehr Gründe er anführte, warum er für diese Mission besser geeignet sei, um so wahrnehmbarer wurden diese Untertöne.

«Ich kenne Amar sehr gut, ich bin sicher, daß er mich achtet, daß er mir vertraut ... Und außerdem kann ich ihn eher aufsuchen, ohne Verdacht zu erregen ... Ein Schriftsteller, der den Generalsekretär der Internationalen Revolutionspartei besucht; nichts, was weniger Beachtung von seiten der Polizei oder des Sicherheitsdienstes verdienen würde. Was kann ein Schriftsteller von Amar wollen? Einen Literaturpreis, das Wohlwollen der Parteipresse? Und was kann Amar von einem Schriftsteller wollen? Die Unterschrift für ein Manifest, das gegen die Unterdrückung von Freiheit und Recht protestiert? ... Kein Risiko für mich. Du hingegen ...»

Rogas sagte nein, und er blieb dabei. «Ich werde morgen zu Amar gehen ... Es ist mein Handwerk: ein Jäger, der die Rolle des Kaninchens übernimmt, ist sicher, daß er sich besser helfen kann als das Kaninchen ... Sei unbesorgt: morgen, wenn ich mit Amar gesprochen habe, werde ich zu dir kommen: vorausgesetzt, daß es mir gelingt, mich von meinem Schutzengel zu befreien.»

«Aber wenn du morgen nicht ganz sicher bist, daß dir niemand folgt, wenn du zu Amar gehst, dann rufe mich an, und ich werde gehen», bot Cusan noch einmal an.

«Ich werde ihn abschütteln. Wie du siehst, ist es mir auch heute geglückt», und er wies auf all die harmlosen

Gäste ringsum, die im Garten des Restaurants den guten Wein und die frische Abendbrise genossen.

Aber er irrte sich. «Man kann schlauer sein als ein anderer, aber nicht schlauer als alle anderen» (La Bruyère?).

Rogas gab am nächsten Tag, einem Samstag, kein Lebenszeichen, auch nicht am Sonntagvormittag: das heißt in den Stunden, in welchen er, wörtlich genommen, noch ein Lebenszeichen geben konnte.

Am Sonntag mittag während des Essens erfuhr Cusan, der wie immer den Fernsehapparat im Nebenzimmer eingeschaltet hatte, um die Nachrichten zu hören, ohne die trübseligen Bilder dazu zu sehen, daß Rogas tot war. Der Sprecher verkündete mit jener vor innerer Bewegung brüchigen Stimme, die Erdbeben und Flugzeugunglücken vorbehalten ist: «Heute vormittag um elf Uhr hat eine Gruppe ausländischer Besucher in einem Saal der Nationalgalerie die Leiche eines ungefähr vierzigjährigen Mannes entdeckt. Die sofort herbeigeeilte Polizei hat den Toten als Inspektor Americo Rogas identifiziert, einen der bekanntesten und geschicktesten Polizeibeamten, und als Todesursache: drei Schüsse aus einer Feuerwaffe festgestellt. Der Inspektor hielt mit der rechten Hand seine Dienstpistole umklammert... Eine noch schwerwiegendere Entdeckung machten die Polizeibeamten unmittelbar darauf: im nächsten Saal lag, gleichfalls von Schüssen getötet, wahrscheinlich aus ein und derselben Feuerwaffe, der Generalsekretär der Internationalen Revolutionspartei, Amar.» Das Zahnwehgesicht des Sprechers verschwand – Cusan stand mittlerweile vor dem Fernsehapparat! Und nun erschien das Portal der Nationalgalerie, die Treppen, die Flucht der Säle. Der Saal XII. Eine dunkle Masse zu Füßen eines Porträts. «Die Leiche von Herrn Amar wurde unter dem berühmten Porträt des Lazaro Cardenas von Velasquez aufgefunden.»

Saal XI. Eine andere dunkle Masse zu Füßen einer Madonna mit Engeln und Heiligen. «Die des Polizeiinspektors unter dem Gemälde der Madonna mit der Kette, von einem unbekannten Florentiner Meister des fünfzehnten Jahrhunderts gemalt... Und nun, hören Sie, wie sich die Tat nach Zeugenaussagen und Vermutungen der Untersuchungsbehörden abgespielt haben muß.» Ein erschrockenes Gesicht taucht auf. «Sie haben heute früh in der Pförtnerloge Dienst gehabt: haben Sie die zwei Männer hereinkommen sehen, die ermordet worden sind?» «Ich habe sie hereinkommen sehen: zuerst ist jener Herr gekommen, von dem es heißt, daß er ein Polizeiinspektor war. Ungefähr zehn Minuten danach ist der andere gekommen, der Herr Amar.» «Also waren sie nicht zusammen.» «Nein, bestimmt nicht.» «Und dann?» «Und dann ist ein junger Mann gekommen: blond, groß, mit Bart.» «Welche Art von Bart?» «Ich würde sagen, wie ein Kapuziner.» «Und wie war er gekleidet?» «Enge schwarze Hosen. Besticktes Hemd. Und am Handgelenk baumelte an einem Riemen ein schwarzes Täschchen.» «Wie viele Minuten nach Herrn Amar ist der bärtige junge Mann gekommen?» «Zwei, drei Minuten.» «Und ist dann irgend jemand anderer gekommen?» «Niemand bis ungefähr zehn Uhr, als die Herde der Amerikaner gekommen ist... Ich bitte um Entschuldigung: wir nennen die Reisegesellschaften Herden, nur so, zum Spaß.» «Und der junge Mann, haben Sie ihn hinausgehen sehen?» «Ja, wenige Minuten, bevor die Gesellschaft hereinkam.» «War er aufgeregt, rannte er davon?» «Nein, er war ganz ruhig.» «Würden Sie ihn wiedererkennen, wenn Sie ihm begegneten?» «Inzwischen hat er sich den Bart abgenommen: und wie soll ich ihn ohne den Bart erkennen?» Er verschwand vom Bildschirm, erleichtert lächelnd. «Und hier ist der Aufseher des ersten Stockwerks der Galerie.» Befangene Miene, nervöser Tick zwischen Auge und Mund. «Was haben Sie gesehen?» «Nichts: die drei sind an mir vorbeigegangen, einer nach dem anderen, genau in der Reihenfolge und zu der Zeit, wie mein Kollege gesagt hat.» «Wo halten Sie sich üblicherweise auf?» «Im ersten Saal.» «Und Sie sind die ganze Zeit über nicht weggegangen?» «Nein.» «Und Sie haben nichts gehört?» «Nichts.» «Haben Sie den jungen Mann gesehen, der wegging?» «Ich habe ihn gesehen.» Schnitt. «Hören wir nun den Polizeiinspektor, der die Untersuchung leitet. Es ist Herr Dr. Blomm, Chef der politischen Abteilung... Verzeihen Sie, Inspektor, aber warum sind die Untersuchungen von der politischen Abteilung übernommen worden?» Das Gesicht des Inspektors, gezeichnet von den bürokratischen Drangsalen und der schlechten Verdauung, öffnete sich zu einem mitleidigen Lächeln. «Herr Amar war Politiker: und ein Politiker wird für gewöhnlich aus politischen Motiven ermordet.» «Haben Sie eine bestimmte Vorstellung von den politi-

schen Motiven, aus denen er ermordet worden ist?»
«Die habe ich.» «Natürlich können Sie nicht darüber
sprechen.» «Natürlich nicht.» «Können Sie uns wenigstens sagen, wie sich Ihrer Ansicht nach die Tat abgespielt hat?» «Sehen Sie: man muß etwas vorausschik-
ken: ich habe noch nicht in Erfahrung gebracht, ob
Herr Amar und mein Kollege Rogas sich kannten, aber
beide haben in ihrer Freizeit mit Vorliebe Galerien und
Museen besucht. Herr Amar war der gebildete, kulti-
vierte Mann, den alle kennen; und auch mein Kollege
Rogas galt unter uns als Mann von hoher Bildung.»
Mit einer leichten Grimasse; so als ob Bildung unwei-
gerlich zu einem bösen Ende führen müsse. Und mit
Recht. «Heute vormittag haben sich beide zufällig fast
zur selben Stunde eingefunden, um die Nationalgalerie
zu besuchen, denn jeder von ihnen, so habe ich von
ihren Freunden erfahren, liebte es, bestimmte Gemälde
wiederzusehen. Herr Amar zum Beispiel hielt das Bild-
nis des Lazaro Cardenas von Velasquez, neben welchem er ermordet worden ist, für eines der größten
Meisterwerke der Kunst. Sie sind also hier zusammen-
getroffen. Zuerst ist Rogas gekommen, dann Herr
Amar. Die Galerie war, wie immer am frühen Vormittag, menschenleer. Der Mann, der als dritter auftauchte, war offenbar kein Kunstliebhaber: er folgte
Herrn Amar (er ist zwei oder drei Minuten nach ihnen
hereingekommen), wenn nicht mit einem genauen
Plan, so doch bestimmt in verbrecherischer Absicht.
Die Galerie menschenleer, Herr Amar ausnahmsweise
allein: welch bessere Gelegenheit, das Verbrechen auszuführen? Er rechnete nicht damit, daß sich noch ein
weiterer Besucher in der Galerie aufhalten könnte:

aber diese Nachlässigkeit war ohne Bedeutung; Rogas'
Anwesenheit erledigte sich für den Mörder damit, daß
er ein zweites Verbrechen beging... Meiner Ansicht
nach befand sich Rogas in Saal vierzehn oder fünfzehn,
als er den im Saal zwölf abgefeuerten Schuß hörte...
Wahrscheinlich war die Pistole des Mörders mit einem
Schalldämpfer versehen: daher hörte auch der Aufseher im ersten Saal nichts. Aber Rogas, näher, mit
erfahrenem Gehör, entging das Geräusch nicht. Er lief
zum Saal zwölf, sah die Leiche von Herrn Amar und
zog seine Pistole. Hier erhebt sich nun ein kleines
Problem: stellte er einen Mann im nächsten Saal, der
ihm den Rücken zuwandte, und der Mörder, der die
Waffe noch in der Hand hatte, drehte sich um und gab
die drei Schüsse ab; oder stellte sich der Mörder, als
er hörte, daß jemand aus den Sälen weiter vorne kam,
gegen die Wand neben der Türe, durch die Rogas
kommen mußte, um ihn von hinten zu treffen? Meiner
Ansicht nach ist die zweite Hypothese richtig: aber die
Bestätigung wird sich aus der Obduktion ergeben.»
Der Inspektor verschwand, der Sprecher erschien aufs
neue. Sein Gesicht war gleichsam zu einem letzten
Schmerzenskrampf erstarrt. «Bevor wir dem stellvertretenden Generalsekretär der Internationalen Revolutionspartei das Wort erteilen, müssen wir eine weitere
furchtbare Nachricht bringen: Seine Exzellenz, der
Präsident des Obersten Gerichtshofes, Riches, ist in
seiner Wohnung ermordet worden. Der Mörder, von
dem man nicht weiß, wie er in das gut bewachte
Gebäude eindringen konnte, hat die Abwesenheit des
alten, treuen Dieners des Präsidenten ausgenützt, der
Sonntagvormittag wie üblich frei hatte. Wir werden in

den Tagesnachrichten von vierzehn Uhr weitere Einzelheiten bringen.»

Cusan wußte, von wem und wie Präsident Riches ermordet worden war. Er wußte, daß Amar und Rogas sich nicht zufällig in der Nationalgalerie aufgehalten hatten. Und er wußte, glaubte zu wissen, daß gerade ihre Begegnung (das, was Rogas zu Amar gesagt hatte, das, was Amar aus Rogas' Enthüllungen geschlossen haben würde) im Tode besiegelt werden sollte. Gewiß war es nicht unmöglich, daß der bärtige junge Mann im bestickten Hemd jenen Kreisen angehörte, auf welche Fernsehen und Zeitungen schon bald anspielen und dann mit unbedingter Gewißheit hinweisen würden; es war nicht auszuschließen, daß er hinter Amar her war, um ihn bei günstiger Gelegenheit aus dem Weg zu räumen. Aber für Cusan war es einleuchtender, sich vorzustellen, daß Rogas der Beschattete war: und zwar von einem zweckmäßig gekleideten und mit Bart versehenen Agenten des Sicherheitsdienstes; schließlich mußten viele von ihnen in die Gruppen eingeschleust und auf die Subkultur des Drogenkultes losgelassen worden sein. Und von Agenten mußte Rogas mehr als einer auf den Fersen gewesen sein, wenn er den ersten abgeschüttelt (er würde nicht zur Verabredung gegangen sein, wenn er nicht unbedingt sicher gewesen wäre, ihn abgehängt zu haben) und nicht bemerkt hatte, daß ihn ein zweiter beschattete. An diesem Punkt fühlte Cusan, wie ihm trotz der Hitze der Angstschweiß ausbrach. Und wenn es vorgestern ebenso gewesen wäre, dachte er, als er Rogas im Restaurant vor der Stadt getroffen hatte? Rogas glaubte sich sicher, weil er vor dem Hause Pattos den Agenten versetzt hatte, der ihm folgte; aber es konnte ihn noch ein anderer beschattet haben, und womöglich mehr als nur einer, im Auto, bereit, sich nach jeder Richtung in Bewegung zu setzen. Auch der Einfall, beim Haupteingang hineinzugehen, um durch eine Nebentüre auf eine andere Straße hinauszugehen, war nicht so neu, als daß ihn die Leute vom Sicherheitsdienst nicht durchschauen konnten, die darauf geschult waren, allen Vorsichtsmaßnahmen zuvorzukommen. Vielleicht hätte der Einfall mit den zwei Türen die Polizei irreführen können. Aber nicht die anderen. Und schon fühlte Cusan sie allgegenwärtig, unerbittliche Lemuren, die, Gewalt und Tod verbreitend, in allem umherkrochen, was zu seinem Leben gehörte. Dieser verflixte Rogas: in was für eine armselige Lage hatte er ihn gebracht. Aber sogleich beschränkte sich sein Groll auf eine Einzelheit, ein Detail: Rogas verstand sein Handwerk, aber er verachtete die Instrumente, welche ihm die Technik für seinen Beruf zur Verfügung stellte. Und indem er es ablehnte, sich ihrer zu bedienen, vergaß er schließlich, daß andere sich ihrer bedienten. Das, was ihn zu Fall gebracht hatte, was auch ihn, Cusan, zu Fall bringen würde, war ein kleines Radiogerät mit Empfänger und Sender, wie man es heute schon in den Spielwarenabteilungen der großen Kaufhäuser kaufen konnte.

Laß dich nicht in Panik bringen, sagte er sich. Der arme Rogas. Der arme Amar. Unser armes Land. Er trat ans Fenster und erforschte die sonnenbeschienene, menschenleere Straße, als ob sie die Schlucht eines Cañons wäre: das lauernde Schweigen, der trockene Schuß des Heckenschützen, der den Forscher niederstreckte, der sich hineinwagt. Und sogleich zog er sich vom Fenster zurück, denn der Heckenschütze konnte am Fenster gegenüber stehen. Allein im Haus, Frau und Kinder am Meer. Immer allein, in den schwierigen Augenblicken seines Lebens. Welchen schwierigen Augenblicken? Er suchte nach Momenten, die dem glichen, den er soeben durchlebte. Aber dies war kein schwieriger Augenblick: es war das Ende. Und mitten in dem Gedanken an das Ende, an den Tod, der ihn im Cañon erwartete, überkam ihn ein Gefühl der Ruhe, vielleicht auch der Erschöpfung. Wie eine durchscheinende Wand, hinter der die Tatsachen, die Personen, die Dinge wie in Quarantäne lagen. Desinfiziert. Aseptisch.

Er bekam von neuem Angst, als der Cañon in der Dämmerung versank. Ich werde alles aufschreiben, sagte er sich.

Er schrieb länger als zwei Stunden. Er überlas es. Gut. Sehr gut. Vielleicht sind es die einzigen Seiten, die von mir bleiben werden: ein Dokument. Er faltete das Dokument zusammen.

Und wohin lege ich es? In den «Don Quichotte», in «Krieg und Frieden», in die «Recherche»? Ein Buch, das man bewahren wird, ein Buch, um das Dokument zu bewahren.

Natürlich wählte er den «Don Quichotte». Dann schrieb er einen Brief: «In meiner Bibliothek, Regal E, dritte Reihe, zwischen den Seiten des ‹Don Quichotte›, befindet sich ein Dokument über den Tod von Amar und Rogas. Und über meinen». Er steckte ihn in einen Umschlag und verschloß ihn. Aber an wen ihn adressieren? An seine Frau, an den stellvertretenden Generalsekretär der Revolutionspartei, an den Präsidenten des Schriftstellerverbandes? Er dachte auch an den Abt von San Damiano; sie waren Kameraden auf dem Gymnasium gewesen. Endlich entschloß er sich, ihn an sich selber zu adressieren. Aber er mußte ausgehen, um ihn einzuwerfen.

Er ließ die Lampe im Arbeitszimmer brennen, machte im Flur kein Licht. Im Dunkeln stieg er die Treppe hinunter, ging hinaus. Wenige Passanten an der Straßenecke, ein Paar, das sich eng umschlungen hielt, genau dort, wo der Briefkasten war. Cusan ging auf die andere Straßenseite hinüber; als er auf gleicher Höhe wie das Paar war, blieb er einen Augenblick stehen, um es zu betrachten: wie ein Voyeur, aber forschend. Er war beruhigt: so weit konnte die Verstellung nicht gehen. Er überquerte die Straße, warf den Brief ein. Unter einer Masse von Haaren und Bart blitzte ein Auge, von ihr oder von ihm, spöttisch hervor: wenn du schauen willst, bitte – du brauchst gar nicht so zu tun, als wolltest du einen Brief einwerfen. Verärgert dachte Cusan: es sind die Libertiner, die die Revolution vorbereiten, aber die Puritaner sind es, die sie machen; und daß sie, die sich hier umschlungen hielten, die ganze Generation, der sie angehörten, nie eine machen würden. Vielleicht ihre Kinder, und die würden Puritaner sein.

Über diesen Gedanken kehrte er ins Haus zurück. Er hatte keine Angst mehr, trotzdem schlief er nicht.

Am nächsten Tag rief er einen Freund an. Ehemals Literaturkritiker und Theoretiker der Revolution (aber einer hausgemachten Theorie, in der Art gewisser Biskuits, deren Rezept man innerhalb der Familie weitergibt: und sie scheinen etwas ganz anderes zu sein, wenn man statt einer zwei Prisen Salz oder Ingwer oder Vanille hineintut), war er jetzt für alle kulturellen Belange der Revolutionspartei graue Eminenz, oder vielmehr buntscheckig schillernde Eminenz. Cusan bat mit einer gewissen Dringlichkeit, ihm ein Gespräch mit dem stellvertretenden Generalsekretär zu vermitteln.

«Komm morgen zur Leichenfeier» (Kulturpolitik) «und ich werde dir sagen können, ob es klappt.» «Gewiß komme ich», (er fühlte sich noch als engagierter Schriftsteller) «aber vergiß auf keinen Fall, sobald du kannst, mit dem stellvertretenden Sekretär darüber zu sprechen: es handelt sich um eine dringende und streng vertrauliche Sache.»

Er blieb den ganzen Montag zu Hause. Dienstag die Leichenfeiern: die für Rogas in der Kirche von San Rocco, voll von Polizisten und Fahnen (armer Rogas); die für Amar im Vorhof des Hauptsitzes der Partei. Es fand noch eine dritte statt, im Justizpalast: die für Präsident Riches. Die Nation war in Trauer: aber die Stadt wirkte mit den Farben der auf Halbmast wehenden Fahnen an diesem herrlichen Sommertag eher festlich. Von Zeit zu Zeit sah man Leute sich plötzlich zusammenrotten: ordnungsliebende Bürger, die irgendeinen umringten, der trotz Bart und langen Haaren unvorsichtig genug gewesen war, auszugehen. Man mußte diesen Existenzen das Recht bestreiten,

Polizisten, Richter und Vertreter der Revolutionspartei umzubringen, wenn nicht überhaupt, versteht sich, das Recht zu leben. Lynchversuche wurden unternommen: viele, und vor allem die Blondmähnigen und Bärtigen, endeten im Krankenhaus. Tote gab es keine, dank dem rechtzeitigen Eingreifen der Ordnungskräfte gegen die auf Ordnung bedachten Bürger.

In der Verwirrung und Erschütterung, die an Amars Bahre herrschten, konnte Cusan seinen Freund für einen Augenblick sprechen.

«Sei morgen nachmittag um fünf hier», sagte er ihm. Worauf Cusan nach Hause zurückkehrte, als hätte er nur die Pflicht erfüllt, sich beim Leichenbegräbnis sehen zu lassen. Er bemerkte im Briefkasten den Brief, den er sich selber geschrieben hatte. Er ließ ihn darin: seine Frau würde ihn herausnehmen, wenn ihm, bevor er dem Vizesekretär begegnete, das gleiche Schicksal beschieden sein sollte wie Rogas (armer Rogas). Und auf einmal stellte er bei sich hinter all seiner Angst eine gewisse Verstellung, eine gewisse Selbstzufriedenheit fest: doch dazwischen lagen immer Augenblicke echten, verzweifelten Erschreckens, wenn ihn das Knarren der Dielen, das Klirren der Fensterscheiben zusammenzucken ließ.

Am Mittwoch nachmittag um vier Uhr bestellte er ein Taxi und ließ sich zur Zentrale der Revolutionspartei bringen. Er war natürlich lange vor der vereinbarten Zeit da. Mit heroischer und herausfordernder Langsamkeit ging er die Straße auf und ab, wartete auf den Schuß. Der nicht kam.

Drei Minuten vor fünf Uhr trat er durch das Tor,

durchquerte den Vorraum, stieg die große barocke Freitreppe hinauf. Und hielt sich noch in Betrachtungen über das Barock auf, als ihm der stellvertretende Generalsekretär entgegenkam, um ihn in dem großen, strengen Arbeitsraum zu empfangen, der Amar gehört hatte und in dem Amar jetzt nur noch in dem Jugendbildnis gegenwärtig war, das einer der brillantesten Künstler gemalt hatte, über den die Partei verfügte.

«Wir können es noch immer nicht glauben», sagte der Vizesekretär und deutete auf das Porträt. Der klassische Satz, den Leidtragende und Kondolierende bei Trauerbesuchen sagen. Aber er glaubte es.

«Ja, nicht zu glauben», sagte Cusan.

Schweigen. Dann sagte der Vizesekretär: «Ich hatte Sie erwartet... Nein, ich meine nicht jetzt, zu dieser Begegnung... Ich hatte Sie schon seit Sonntagabend erwartet... Da ich ihre Aufrichtigkeit, Ihre Loyalität, Ihre freundschaftliche Gesinnung gegenüber unserer Partei kenne... Amar bewunderte Sie sehr, wissen Sie das?... Kurzum, ich zweifelte nicht daran, daß Sie früher oder später hierherkommen würden, um uns aufzuklären...»

«Aber...»

«Wir haben erfahren, daß Sie sich mit diesem Rogas getroffen haben, am Tag, bevor er zu Amar ging.»

«Ja, ich habe mich mit Rogas getroffen.» Und beunruhigt fragte er sich: warum *diesem* Rogas?

«Wir wissen es, wohlverstanden, nur aus Informationen, die uns von anderer Seite zugegangen sind... Jedenfalls haben wir unseren Informanten gesagt, daß wir uns ganz auf Sie verließen, auf Ihre Loyalität und Diskretion... Und auf Ihre Intelligenz natürlich.»

Cusan fühlte sich in diesem Augenblick alles andere als intelligent, seine Gedanken waren wie gelähmt.

«Ich bin gekommen, um Ihnen alles zu berichten, was Rogas mir bei jener Begegnung gesagt hat.»

«Ist es Ihnen unangenehm, wenn ich das, was Sie mir jetzt sagen, auf Tonband nehme? Zu Ihrer Sicherheit, damit die andere Seite genau erfährt, daß Ihr Anteil an dieser Sache nur klein war.» Er lächelte. « So wird man Sie in Ruhe lassen.» Und noch einmal fragte er: «Ist es Ihnen unangenehm?»

Cusan war es unangenehm. Und er verstand nicht. Er sagte: «Es ist mir nicht unangenehm.»

Der Vizesekretär drückte eine Taste auf seinem Schreibtisch. Er sagte: «Also.»

Cusan begann zu sprechen. Die Schlaflosigkeit und die Aufregung der letzten Tage verliehen seinem Gedächtnis eine seltene Klarheit: Wort für Wort wiederholte er, was er in der im Don Quichotte versteckten Denkschrift geschrieben hatte.

Als er fertig war, trommelte der Vizesekretär nervös auf dem Schreibtisch und starrte ihn mit einem Blick an, den Cusan nicht zu deuten wußte. Dann nahm er eine Miene düsterer Feierlichkeit an und sagte: «Herr Cusan...» Eine lange Pause. «Was würden Sie denken, wenn ich Ihnen sagte, daß Amar von Ihrem Freund Rogas ermordet worden ist?»

Als ob sich eine Falltüre vor ihm auftäte. Und hineinstürzend sagte er: «Unmöglich.»

Der Vizesekretär öffnete eine Schublade seines Schreibtisches, zog Blätter heraus, reichte sie Cusan, der sie mechanisch nahm.

«Lesen Sie», sagte der Vizesekretär. Aber als Cusan ihn

weiter anstarrte, erklärte er: «Es sind Photokopien der ballistischen Untersuchungsergebnisse, des Obduktionsbefundes, der Aussagen der Agenten; und eine Erklärung des Agenten des Sicherheitsdienstes, der Rogas erschossen hat.»

«Rogas ist also tatsächlich von einem Agenten erschossen worden: wie ich vermutete.»

«Ja, aber weil Rogas Amar ermordet hatte.»

«Das kann ich nicht glauben.»

«Hören Sie mir zu, Herr Cusan ...» Denn Cusan war einem Zusammenbruch nahe.

«Hören Sie mir zu: am Samstag früh ging Rogas zur Abgeordnetenkammer, es gelang ihm, sich Amar zu nähern, er erzählte ihm von einem Komplott, das er entdeckt hatte. Ich weiß nicht genau, was sie sich sagten. Amar sagte mir lediglich etwas von einem Polizeibeamten, daß er ihm Enthüllungen über ein Komplott machen wolle und daß sie sich am nächsten Tag in der Nationalgalerie treffen würden. Hier enden meine direkten Informationen. Das übrige weiß ich vom Sicherheitsdienst, der Rogas schon seit geraumer Zeit auf Grund eines Verdachts, der sich leider als nicht unbegründet erwiesen hat, überwachte ...»

«Aber doch nur, weil Rogas dem Komplott auf die Spur gekommen war.»

«Mag sein: aber Tatsache ist, daß Rogas Amar ermordet hat, und nicht einer von denen, die in das Komplott verwickelt sind.»

«Aber warum? ... Ich meine: warum glaubt ihr, Rogas hätte Amar getötet?»

«Weil in den Dokumenten, die ich Ihnen zum Lesen gegeben habe, eine Logik ist, ein anderer Zusammenhang... Amar ist mit der Pistole erschossen worden, die Rogas in der Hand hielt, als er selber starb: glaubwürdige Sachverständige, darunter auch Leute von unserer Partei, haben es außer jedem Zweifel bestätigt... Sie werden denken, und auch wir haben es zu Anfang gedacht: zuerst hat man Rogas getötet und dann die ganze Sache inszeniert... Aber es ist bewiesen, daß nur ein einziger Agent des Sicherheitsdienstes in der Nationalgalerie war; dieser Mann hätte also Rogas töten, ihm die Pistole wegnehmen und Amar töten müssen. Glauben Sie, Amar hätte ruhig zugesehen, wie der Agent dem ermordeten Rogas die Pistole wegnahm, und gewartet, bis er selber an die Reihe kam?... Sie wissen: er war ein Mann von schnellen Reaktionen, er hatte den Guerillakrieg mitgemacht, war ein geübter Schwimmer und Tennisspieler. Er hätte reagiert, nicht wahr? Also hätte der Agent anders vorgehen müssen: Rogas töten; Amar bewußtlos schlagen; Rogas die Pistole wegnehmen; auf Amar schießen. Aber Amars Leiche hat nicht die geringsten Quetschungen oder Abschürfungen aufgewiesen. Und das bedeutet... Das bedeutet, daß wir annehmen müssen, daß Rogas Komplize des Agenten war: er ermordete Amar, ohne damit zu rechnen, seinerseits ermordet zu werden.»

«Unmöglich», sagte Cusan.

«Das denken wir auch. Aber nicht, um das Andenken von Rogas hochzuhalten.»

«Ich kannte ihn gut», sagte Cusan.

«Nicht gut genug, Herr Cusan, nicht gut genug.»

«Aber warum sollte er Amar ermorden?»

«Wir wissen es nicht. Aber er hat ihn ermordet.»

«Aber was kann Amar gesagt haben, um Rogas derart herauszufordern, daß er ...»

«Herr Cusan.» Im Tone betrübten Vorwurfs.

«Ich wollte sagen: daß er für einen Augenblick die Beherrschung verlor oder nicht mehr wußte, was er tat.»

«Sehen Sie, Ihr Freund mochte uns bestimmt nicht ...»

«Ja, gewiß: aber dennoch stand er innerlich der Opposition nahe; und die Opposition war für ihn die Revolutionspartei ... Er achtete sie, kurz gesagt ... Und als er mit mir sprach und ich ihm riet, mit Amar zu reden, einen Rat, den er sich sicherlich von mir erwartete, sagte er, daß es keinen anderen Ausweg gäbe.»

«Allerdings», sagte der Vizesekretär spöttisch «es gab keinen anderen Ausweg: mit Amar durch die Mündung einer Pistole reden.»

«Unfaßbar. Zum Verrücktwerden», sagte Cusan.

«Lesen Sie die Berichte», sagte der Vizesekretär. Cusan las sie.

«Aber warum Rogas töten?», fragte er. «Warum ihn nicht anhören, ihm nicht den Prozeß machen?»

«Die Staatsraison, Herr Cusan: es gibt sie noch, wie zur Zeit Richelieus. Und in diesem Fall ist sie, sagen wir, mit der Parteiraison zusammengefallen ... Der Agent hat die weiseste Entscheidung getroffen, die er treffen konnte: auch Rogas mußte sterben.»

«Aber die Parteiraison ... Ihr ... Die Lüge, die Wahrheit; ihr könnt ...» Cusan stammelte beinahe.

«Wir sind Realisten, Herr Cusan. Wir konnten nicht das Risiko eingehen, daß eine Revolution ausbräche.»

«Und er setzte hinzu: «Nicht in diesem Augenblick.»

«Ich begreife», sagte Cusan. «Nicht in diesem Augenblick.»

Erzählungen, 256 Seiten, gebunden, DM 32,–

Unglaublich, aber wahr sind die Geschichten, die
Leonardo Sciascia hier erzählt. Sie stammen aus der
Geschichte Italiens vom 17. bis Mitte des 20. Jahrhunderts und sind doch zeitlos und könnten sich überall zugetragen haben. Von den Kleinen handeln sie,
die dran glauben müssen, damit die Großen davon-
kommen. Sciascia, der bedeutendste lebende Schriftsteller Italiens, entlarvt in diesen unvergeßlichen
Geschichten die Ungerechtigkeit der Welt.